# L'ÉTOILE IMMOBILE

DU MÊME AUTEUR


*La Vallée des loups* (prix de la Nouvelle de Bonneville), 2002.
*Le Silence des glaces*, Presses de la Cité, 2004.
*La Grande Avalanche*, Presses de la Cité, 2005.
*La Malpeur*, Presses de la Cité, 2007.
*La Lumière des cimes*, Presses de la Cité, 2009.
*La Montagne effacée*, Presses de la Cité, 2011.
*Les Remèdes de nos campagnes*, Calmann-Lévy, 2011.
*La Valse des nuages*, Calmann-Lévy, 2012.

www.patrickbreuze.com

Patrick Breuzé

# L'ÉTOILE IMMOBILE

*Roman*

Collection
**« France de toujours et d'aujourd'hui »**
dirigée par
**Jeannine Balland**

calmann-lévy

© Calmann-Lévy, 2014

COUVERTURE
*Maquette :* Atelier Didier Thimonier
*Personnage :* peinture de Nicolai Petrovitch Bogdanov Belsky,
*À la porte de l'école* (détail), 1897, State Russian Museum, Saint-Pétersbourg,
© FineArtImages / Leemage
*Paysage :* lithographie coloriée de Thomas Shotter Boys,
*Chaos. Col de Gavarnie* (détail), 1843, d'après William Oliver, © akg-images

ISBN 978-2-7021-5579-0
ISSN 2115-2639

*À Charline Lecuyer,*
*pour le chemin parcouru.*

« Nous tissons notre destin, nous le tirons de nous comme l'araignée sa toile. »

François MAURIAC

« Dieu est derrière tout, mais tout cache Dieu. »

Victor HUGO

« Pour vivre en paix avec la montagne, il faut lui accorder le droit à la colère. »

Proverbe montagnard

*Avertissement*

Dans ce roman, tout relève de la fiction à l'exception des lieux et des faits historiques, comme l'éboulement de Tête Noire. Pour les dates, je me suis accommodé d'imprécisions propres à toute fiction. Si des similitudes avec la réalité venaient à apparaître, cela ne serait que pure coïncidence. Néanmoins, cela aurait pour principal effet de stimuler l'imagination de chacun. Et c'est peut-être cela que nous recherchons tous, lecteurs comme auteur.

# 1

Deux jours qu'il pleuvait. Une pluie raide et glaciale comme si, déçue de ne pas avoir déjà endossé ses habits de neige, l'eau avait voulu se venger en salissant le paysage. Deux jours, deux nuits aussi. Sur les parois, la roche noire ruisselait de toutes ses failles et crevasses, lustrée par d'incessantes claques de vent et de grêle. Dans la vallée, ce n'était pas mieux. Partout des fondrières et des ravines, des ornières, des trous d'eau qui débordaient sous les assauts de la pluie.

— Et le Giffre, il monte toujours ? demanda Berthod à sa femme.

Ils ne se voyaient pas mais se faisaient face pourtant en remâchant leur inquiétude depuis le début de la soirée.

— Sur Nant-Bride ça déborde déjà, répondit une voix jeune, serrée par l'inquiétude.

— T'es allée voir ?

— Non, c'est le « Discret » qui me l'a dit ce tantôt en rentrant de Sixt.

L'homme se leva d'un bloc, cela s'entendit au remuement du banc, comme si être debout lui donnait plus d'aplomb pour affronter le danger. Après quelques pas, il se rassit, laissant tomber lourdement ses avants-bras sur la table. Ses

13

mains se croisèrent sans doute, les doigts se nouèrent peut-être. Prière, réflexion ou impatience ? Personne n'aurait su dire.

Sa femme Pernette était tout aussi inquiète mais le laissait moins paraître. Ce qui lui déplaisait c'était de devoir rester ainsi prostrée dans la pénombre de la pièce. Le feu, il avait fallu le couvrir de cendres pour éviter aux claques de vent de faire voler des escarbilles sur le plancher de bois. La lampe, on s'en passait depuis des semaines en attendant de pouvoir acheter de l'huile. Des chandelles, on n'en avait plus. Du moins, c'était ce que Pernette avait fait croire à son mari, car elle conservait un pauvre moignon de suif caché sous l'angle d'une poutre au cas où l'un de ses deux enfants se serait réveillé durant la nuit.

Ainsi placés de part et d'autre de la table, ils ne se voyaient pas. À peine si, de temps à autre, la ligne d'un front, d'une pommette ou d'un nez grappillait un peu de lumière rousse échappée de l'âtre. Cela servait à indiquer où se trouvait l'autre.

À un moment, le vent se mit à miauler sur l'arrête du toit. Les tavaillons ne voulaient pas s'en laisser conter et défendaient fermement leur position. Et puis d'un coup, un immense choc.

— Qu'est-ce que c'est ? sursauta Berthod.

Debout, le torse rebondi, il avait déjà retroussé ses manches, enjambé le banc, empoigné un manche ou quelque chose pour se défendre.

— Le toit..., murmura Pernette.

— Tu crois ?

— Oui, ça vient du toit...

D'une bourrée, il ouvrit la porte. Dehors, la nuit anthracite avait des nuances claires par instants comme si le voile s'était élimé sous les coulées de pluie. Au passage, il prit son chapeau accroché à un clou de bois et une pèlerine en peau de bouc qu'il enfila à la hâte.

La pluie arrivait par vagues, tantôt brutales et cinglantes, tantôt fines et pénétrantes, on l'aurait dit cherchant son souffle entre deux assauts. Berthod longea d'abord le mur de bois, la main à plat sur les planches pour vérifier qu'aucune d'elles n'avait été arrachée. Parvenu à l'angle de l'appentis, il s'assura de la solidité du poteau porteur en le remuant tel un arbre dont on veut faire tomber les fruits.

À tout juste trente ans, l'homme avait de la force à revendre. Charretier, débardeur et maçon à ses heures, la tâche ne le rebutait pas, même pour des étirées de dix-huit heures d'affilée. Bien ou mal payé, peu importait, il acceptait tout, pourvu que le travail se déroulât au grand air et qu'il pût employer sa force comme bon lui semblait. Il n'en avait pourtant pas toujours été ainsi.

Enfant, ses parents l'avaient mis à maître chez un maçon. Un jour qu'on réparait un four à pain, on l'avait affecté, vu sa taille, à la réfection de la voûte. Couché sur le dos à même la sole, il maçonnait les pierres de chauffe à la truelle quand l'une d'elles s'était détachée. Il la recolla en hâte mais une deuxième lâcha, immédiatement suivie d'une troisième puis d'une autre encore. La chaux recuite par les fournées successives s'effritait de partout. Des mains et des genoux, il tenta bien de les maintenir en place comme il put, un bras au-dessus des yeux pour se protéger.

— À moi ! cria-t-il, la bouche déjà pleine de poussière.

Personne ne l'entendit. Dans un geste d'urgence, il saisit son seau de bois, le retourna et l'appliqua contre la voûte, bras tendus, à la manière d'un étai.

— À moi...

Son geste l'avait momentanément sauvé. Mais il se savait beaucoup trop faible pour tenir longtemps dans cette position. Peu à peu, il sentit ses bras se vider de leurs forces puis trembler, fléchir, se replier comme les pattes d'une sauterelle. Quand le seau commença à s'approcher de sa poitrine, il hurla :

– À... l'aide !

Quand il rouvrit les yeux, il vit d'abord des visages penchés sur lui, puis sentit le froid de l'eau dans son cou, sur ses joues, sa nuque. Son patron le remit sur pied d'une bourrade, puis, l'empoignant par le devant de ses habits, lui envoya une énorme claque en plein visage.

– Ne refais jamais ça ! cria-t-il le doigt pointé, la trogne hargneuse. T'entends, vermine, ne refais jamais ça.

De fait, il n'entra jamais plus dans un four, ni dans une cave ni même sous un mazot. Quelle que fût la somme proposée, c'était non.


Les yeux levés, il détailla le chéneau, simple tronc de mélèze creusé sur toute sa longueur qui servait à évacuer l'eau du toit. Avec l'habitude acquise sur les chemins et les routes, Berthod savait lire la nuit sans effort. « L'anormal j'le repère de suite », assurait-il à ses clients inquiets pour un charroi qu'il se proposait de conduire de nuit ou par mauvais temps.

Brusquement, il se figea. Dans la gouille où d'ordinaire se déversait le chéneau, l'eau semblait stagner. À l'œil, on voyait vibrer des reflets noirs, brillant comme de la houille. À l'oreille, c'était encore plus net, l'eau clapotait et ne s'évacuait plus.

– Misère, v'là que le fossé est bouché.

Du bras, il écarta les branches d'aulne et de noisetier qui faisaient barrage et avança, les pieds enfoncés dans la boue et le limon. Il se pencha pour mieux voir, deviner plutôt, car avec le peu de lumière et la pluie cinglante, on apercevait à peine la gouille d'où l'eau commençait à déborder.

Après avoir poussé du pied un bloc de pierre qui semblait faire obstacle, il inspecta de nouveau, une main agrippée aux branches pour ne pas risquer de perdre l'équilibre, l'autre en visière pour mieux fouiller la nuit. C'est là qu'il vit la berge se creuser sous ses pieds.

D'un bond, il se jeta en arrière et s'aida des mains pour grimper sur un muret de pierres afin de comprendre ce qui se passait. D'ordinaire, il n'y avait à cet endroit qu'un mince filet d'eau, à peine suffisant pour rincer les écuelles et les cuillères de bois. À la fonte des neiges, le débit enflait un peu, juste de quoi alimenter quelques rus qui se formaient pour l'occasion avant de se perdre en terre quelques centaines de mètres plus bas. Mais la gouille ne débordait jamais, même au plus gros des orages d'été.

« C'est bouché par en bas, se dit Berthod, un amas de branches ou un nid à merde qu'a dû se former »

Une fois sur le devant de la maison, il se saisit d'un chapi, outil en forme de bec de rapace utilisé pour déplacer les grumes.

– Faut y faire sauter avant que ça déborde pour de bon…

Il n'eut pas le temps de terminer sa phrase. Un second choc pareil au précédent le figea sur place. Cette fois, cela venait de derrière. Le sol avait résonné, les murs et le toit aussi, il en était sûr. En trois enjambées, il remonta la pente pour atteindre l'angle du mur fait de grosses pierres grises maçonnées jusqu'au toit.

D'un coup de tête, il rejeta son chapeau sur le haut du front et observa comme à l'affût, tête rentrée et dos voûté. Un pli de surprise lui creusa d'abord le front. Puis ses yeux s'agrandirent, sa bouche s'ouvrit, hésitante, vide de cris et de mots. En deux temps, il réussit à déglutir puis à grogner :

— Seigneur Dieu...

Devant lui un amas de rochers, dont les deux plus gros venaient tour à tour de buter contre le mur de sa maison. Cela se faisait sans à-coup, presque au ralenti. Des masses de boue visqueuse et noire s'amoncelaient en silence, charriant avec elles rochers, branches et pierraille. Il avait beau fouiller dans sa mémoire, jamais il n'avait vu pareil amoncellement de limon et de terre à cet endroit. Des coulées de boue, il s'en produisait parfois sur les versants, après un orage d'altitude ou une pluie de quelques jours. C'était surtout au nord, là où la roche, battue par les vents, n'arrivait plus à se défendre et finissait par se fendre et céder. Mais ici, jamais.

— Berthod ?

Il n'entendit pas sa femme l'appeler. À l'aide de son chapi, il avait entrepris de sonder la boue pour estimer la hauteur de terre et de roche à dégager.

— Berthod ?

La voix était devenue suppliante.

— Voilà...

— T'as entendu ?

— Par Dieu, si j'ai entendu.

Il parlait par saccades, inquiet et soucieux en même temps de n'en rien laisser paraître. Il continua néanmoins à fouiller la terre à coups de chapi qu'il utilisait maintenant à la manière d'une pioche, histoire d'agir, histoire de se prouver que, même dans l'adversité, il lui restait le courage de se battre.

Quand sa femme s'approcha, un bonnet de lin sur la tête, elle ne comprit pas d'emblée ce qui se passait. Le voyant l'outil à la main, elle l'interrogea du regard puis de la voix :

— Qu'est-ce tu fais ?

Lui dire la vérité ne lui parut pas utile. Alors il biaisa avec cette habitude acquise depuis des années de porter seul le poids des soucis.

— Y a de la boue le long de la maison.

— Et alors ?

— Alors il faut l'évacuer.

— Par c'temps, t'y penses pas ?

— Si, demain y en aura trop.

Pernette ne le crut pas. Depuis longtemps, elle avait appris à lire dans les à-peu-près de son mari. Ce n'était pas vraiment qu'il mentait, seulement il ne parvenait pas à dire les choses telles qu'elles étaient. Souvent en bien, parfois en mal, il arrangeait le monde à sa façon, taillant comme il l'entendait dans une vérité dont les contours lui convenaient mieux ainsi.

Sans attendre, Berthod redescendit dans son appentis. À l'aveugle, il chercha une pelle en bois d'ordinaire utilisée pour le fumier. Elle lui servirait à creuser un chenal afin d'évacuer la boue liquide et à rejeter au loin les pierres les moins lourdes.

L'idée de se frotter aux éléments ne lui faisait pas peur, même s'il fallait y passer la nuit. Préoccupé, il l'était pourtant, mais uniquement par la solidité de son mur. Il le savait massif et large avec une assise faite de belles pierres du Giffre. Chaque printemps, il s'employait à en combler les trous avec de la chaux neuve qu'il allait chercher au four des frères Embelles. Seulement, d'année en année, la construction s'était fragilisée, laissant apparaître çà et là des lézardes où la main entrait jusqu'à mi-doigt.

Revenu sur place, il entreprit d'abord d'évacuer le plus facile. Dans le limon, la pelle entrait sans effort. Il avait à peine le temps de l'emplir que la volée de terre et d'eau était déjà envoyée de l'autre côté de la gouille dans un verger attenant. De temps à autre, il butait contre une pierre qu'il dégageait d'un coup de talon au risque de fendre son sabot.

Tant qu'il s'agit de terre et de boue, tout alla bien. Vinrent ensuite les rochers qu'il tenta de faire riper à l'aide de son chapi. Peine perdue. Coincés contre l'angle du mur, ils faisaient barrage et permettaient ainsi à la terre et la pierraille de s'accumuler.

Il s'aperçut alors qu'il pataugeait à mi-jambe dans la boue malgré ses gamaches, sorte de jambières de toile huilée portées par-dessus les sabots.

— Foi de Dieu, v'là que ça monte.

L'eau semblait venir de partout en même temps. Dans la pente, il n'y avait pourtant ni passage, ni lit d'ancien torrent. Il l'aurait su depuis le temps que sa famille vivait ici. Comme pour prendre la mesure d'un adversaire, Berthod recula jusqu'à s'adosser au mur de sa maison. Les planches de l'écurie ne seraient d'aucun secours pour résister à la boue, il le savait. Autour de lui, une pluie dure rayait le ciel couleur de suie. Au sol, ses sabots collaient à la boue rendant chacun de ses mouvements de plus en plus difficiles.

L'idée de quitter les lieux ne lui vint pas tout de suite. Dos voûté, le torse ruisselant, il attendait que Dieu voulût bien lui faire un signe. Ce fut Pernette qui vint à son secours.

— Berthod ?

— J'suis là…

— Où ? demanda-t-elle, repoussant de la main les voiles de nuit.

— Derrière l'écurie.

— Berthod, y a de l'eau dans la maison, annonça-t-elle, sans crier, sans s'affoler, comme s'il avait fallu parler bas pour ne pas prendre le risque de décupler la fureur des cieux.

– Beaucoup ?

– Ça goutte…

Il empoigna ses outils d'une seule main et emboîta le pas de sa femme. Parvenu sur le devant de sa maison, il s'agenouilla pour ouvrir un trapon à deux battants. Trois marches, une odeur de cave et plus bas un mur en voûte.

Berthod attrapa une poignée de cailloux, la soupesa pour bien l'avoir en main et la lança au fond du trou. Un clapotis mouillé lui répondit.

En levant les yeux vers sa femme, il comprit qu'il était inutile de mentir dans ces instants-là, ni même d'essayer de la rassurer. En dépit de son jeune âge, Pernette était femme depuis longtemps. Des mèches collées sur le visage, les doigts noués sur les lacets de son bonnet, elle affrontait la pluie sans un mot.

Ce fut Berthod qui prit l'initiative de parler :

– L'eau vient de partout, fit-il, fataliste. Même là-haut, ça sourd le long du mur.

Elle s'approcha de son mari. Elle n'avait pas pris le temps de chausser ses sabots. Pieds nus, pataugeant dans la boue jusqu'aux mollets, elle demanda seulement d'une voix éteinte :

– On va mourir ?

– Par Dieu, c'est que d'la pluie, s'emporta Berthod. Faut seulement déguerpir pendant qu'on peut encore.

En parlant, il s'était rapproché de sa femme. Il la prit par le flanc ou la hanche, on ne savait pas très bien vu leur différence de taille et la colla contre lui dans un geste qu'il voulut protecteur.

– Te fais pas de soucis. Fais seulement c'que j'te dis : réveille les p'tits, roule-les dans ta pelisse en peau de chèvre et attends-moi ici.

Elle l'interrogea des yeux, en se mordant la lèvre jusqu'au sang.

— Moi je file au mazot prendre quelques sacs et c'qui nous reste de pièces blanches. On va aller sur l'autre versant, là-haut on trouvera de quoi s'abriter, y a des cabanes de charbonniers sous les futaies.

2

À courte distance de là, au lieu-dit le Frénalay, la famille Charmoz, père, mère, et les quatre enfants, dont le dernier âgé d'à peine trois semaines, s'apprêtait à évacuer elle aussi sa ferme. Sous l'avant-toit, une charrette à quatre roues attendait d'être attelée.

— Morbleu, plus près la bougie, j'te dis.

Un enfant, mal protégé par une toile de sac portée en capuchon, tendit son bras nu pour porter la lumière entre les brancards. S'aidant de l'autre main tenue en coque pour protéger la flamme, il éclaira ce qu'il pouvait des boucles et lanières avec lesquelles son père se débattait.

Petit par la taille, Modeste Charmoz était un homme tout en nerfs, tendu comme un arc, toujours à regarder ou à fureter autour de lui comme si on avait voulu lui dérober son bien.

Il faut dire qu'il passait six mois de l'année une balle de marchandises sur le dos à parcourir les routes du duché de Savoie quand ce n'était pas celles de la Comté voisine, ou plus loin vers la Bourgogne et le royaume de France. Et cela l'avait aguerri aux mauvais coups en tout genre.

Colporteur, il l'était autant par nécessité que par tradition. Comme son père et son grand-père, il appartenait à la guilde des marchands roulants du Faucigny, ce qui lui valait à la fois considération de ses pairs et protection de ses compagnons de route.

Son quotidien, c'étaient les mouchoirs de batistes, les coiffes, les rubans, les boutons, les ceintures, les peignes de corne, les images pieuses, les chapelets en os humain ou les tabatières en carton, quelques-unes aussi en vessie de porc, les plus chères. Deux ans plus tôt, il s'était bien risqué à proposer des toiles de Flandres, des mousselines, des indiennes et quelques dentelles du nord. Mais devant la concurrence féroce des Genevois qui partout proposaient des prix de faveur, il avait dû renoncer, remisant ses étoffes invendues dans une grange mais voyant du même coup les dettes s'accumuler.

Sa méfiance naturelle s'en était trouvée renforcée. Son humeur s'était rembrunie, ses enfants la subissaient, sa femme endurait.

— Plus près, exigea-t-il de son fils en lui harponnant le bras au risque de le faire tomber dans la boue.

Résignée, la petite silhouette s'accroupit, un sac de chanvre sur la tête pour se protéger le haut des épaules. Dessous, il portait une chemise échancrée ou déchirée, on ne voyait pas très bien. Aux pieds des sabots, sur les jambes rien, sur les bras pas grand-chose.

Quand le père jugea sa charrette en état de faire la route, il fit approcher son cheval. Une bête inquiète, cela se voyait à la manière dont elle sabotait sans cesse dans la caillasse comme si le temps lui avait semblé s'éterniser. L'enfant la conduisit par le mors, mi-inquiet, mi-excité à l'idée qu'il se passât quelque chose d'inhabituel dans sa vie. Le père la fit reculer à coups d'épaule et de claques sur le garrot.

— Ho, hou, hé…

Il ne parlait pas, se contentant de grogner des ordres dont on percevait juste le son, enveloppé qu'ils étaient par le crépitement des gouttes sur la bâche tendue à l'arrière de la charrette. Dans l'urgence, il harnacha la bête sans prendre le temps de serrer les lanières comme il l'aurait fallu. Il avait beau crier haut et fort que le voiturage et le muletage lui étaient familiers, il n'en était rien. Et cela ne faisait qu'ajouter à son inquiétude née de toute cette eau encerclant sa maison. Jamais il n'avait vu cela. Subitement, il décréta :

– C'est bon, va chercher ta mère.

La femme qui arriva était fine, de corps comme de visage. Dans les trente ans, peut-être moins. Sous ses traits fatigués se lisait la lassitude d'une vie sans bonheur, seulement ponctuée de grossesses qu'elle n'aurait pas voulues si rapprochées. Une fois l'an, Angeline Charmoz accouchait parce que Dieu en avait décidé ainsi et tant pis si elle peinait à nourrir ces bouches, exigeant plus qu'elle ne pouvait leur en donner. Et tant pis si elle épuisait son corps à donner la vie.

Dans ses bras, deux enfants. Accroché à ses jupes, un autre. Le plus jeune était emmailloté dans une sorte de grosse toile de serge qui le tenait au chaud mais prenait vite la pluie. Pour monter dans la charrette, elle s'y reprit à plusieurs fois, craignant à chaque tentative de laisser échapper le nouveau-né. De guerre lasse, elle finit par faire grimper son aîné et lui tendit le petit corps endormi. Les autres attendaient, piétinant dans la boue, mal couverts, le visage croûté de morve, les yeux brillants de peur et de froid.

Un à un, elle les monta avant de les installer sous ce qui tenait lieu de bâche. Une sorte de toile, mi-voile de barque sans doute chapardée au bord du Léman, mi-protection de campe, utilisée par son mari pour mettre ses objets de négoce à l'abri. Ainsi fait, les enfants seraient au moins au sec à défaut d'être au chaud. Du bras, elle enveloppa deux d'entre eux dans un châle en poils de jument, les plus jeunes, et les blottit contre son corps. À les voir ainsi, on aurait cru un campement de fortune de ces rouliers qui marchaient le long des routes et s'arrêtaient où bon leur semblait quand leurs jambes ne pouvaient plus les porter.

Ses yeux tels deux lacs vides regardaient droit devant, là où les pas de la jument allaient les conduire. En quel lieu ? Elle n'en savait rien et pour tout dire cela l'indifférait. Par quel chemin ? Elle n'en avait pas davantage été informée par son mari, lequel avait décidé une heure plus tôt d'évacuer la maison devant le tumulte de torrent qui ne cessait d'enfler.

Quand tout lui parut en ordre, Modeste Charmoz ferma sa maison en tirant à lui une porte montée sur des gonds de bois. Du travail grossier mais solide. Les gonds avaient été taillés dans la masse, à la hache d'abord, à l'herminette pour finir, et donnaient à l'ensemble une impression de lourdeur. À la manière dont il se pencha, puis s'énerva en gestes hargneux, sa femme comprit qu'une nouvelle fois la porte avait gonflé. Il monta d'un bond dans la charrette.

— De toute façon, y a rien à voler, j'ai tout remisé dans le mazot.

— Le grain aussi ?

— Tout, j'te dis.

— Mais c'est pas très sûr, le mazot est le long du nant, si jamais ça déborde.

— De quoi j'm'occupe, tu sais par où monte l'eau, maintenant ?

Sa réplique avait claqué comme un coup de fouet. Accrocheuse, la femme insista pourtant :

— Avec cette eau, les campagnols et les lérots vont essayer de grimper...

Angeline disait vrai. Si d'ordinaire un soubassement de pierres ou un châssis de poutres suffisait à barrer le passage aux rongeurs, le limon et la pierraille amoncelés depuis plu-

26

sieurs heures risquaient de leur faciliter l'accès. Et ce n'était pas une porte de bois, même épaisse de deux pouces, ni un plancher de sapin qui risquaient de leur résister longtemps. Ailleurs en Valais, dans les villages du val d'Anniviers ou du val d'Hérens, on savait se protéger en construisant les greniers sur des pilotis surmontés de pierres plates, ménageant ainsi des surplombs que les rongeurs ne pouvaient franchir.

À peine Angeline avait-elle prononcé ses derniers mots qu'elle reçut en plein visage une bordée de menaces. L'haleine de son mari était poivrée comme les soirs où il rentrait de l'auberge, mou comme un sac et pas très fier de lui.

— Va falloir que tu m'parles autrement, ma fille... sinon il pourrait t'en cuire, c'est moi qui te le dis...

En même temps, il lui enfonça le manche de son fouet dans les côtes, avec l'idée de faire mal. Sur son visage, simple faciès d'os piqué de barbe, on devinait le plaisir pris à maltraiter les siens. Par habitude, par bassesse ou par bêtise, il agissait ainsi depuis toujours, estimant que sa condition d'homme s'en trouvait rehaussée et son autorité affermie.

Histoire de couper court à toute réplique, il lui décocha un coup de coude en plein ventre.

— Tiens-le-toi pour dit, hein, fit-il, ici celui qui tient le manche, c'est moi.

Angeline hoqueta sous la violence du coup. Le pointu du coude l'avait touché au bas des côtes, là où les douleurs d'après-couches sommeillaient encore. Depuis la naissance de son dernier, elle souffrait du ventre en silence, changeant souvent ses linges rougis, s'étonnant de voir ses forces lui manquer et son courage tarder à revenir. Jamais durant ses précédentes grossesses, elle n'avait ressenti autant de lassitude. Se lever lui coûtait, marcher également, et ce qui l'inquiétait par-dessus tout c'était sa difficulté à nourrir son dernier-né. Elle avait beau le mettre au sein, rien ou presque ne venait.


Les vagues incessantes de pluie finirent par apaiser l'humeur de Modeste Charmoz. Dos voûté, trogne renfrognée, il cherchait maintenant à deviner la route ou du moins ce qui en tenait encore lieu. Un peu partout des ornières fendaient le chemin. S'y engager était risqué, les éviter impossible car sur cette partie du coteau la pierraille alternait avec le limon. Il aurait suffi que le chariot vînt à glisser et il pouvait finir dans une fondrière où rien ni personne n'aurait pu l'en sortir.

Hésitant sur la manière de s'y prendre, Modeste Charmoz avait choisi le compromis : suivre les ornières le plus loin possible et ne s'en écarter qu'après être allé vérifier à coups de talon si la terre avait encore un semblant de fermeté.

À ce rythme, l'équipage avançait à la vitesse d'une mule qui recule. À un moment, l'une des roues buta contre une pierre, le chariot sursauta puis retomba avec un bruit d'essieu contrarié. Angeline ne put retenir un cri.

— Quoi ? hurla son mari, de son banc. T'as mal aux tripes ?

— Non.

— J't'ai entendue te plaindre ?

— Non, vous vous trompez…

— Comment ça j'me trompe ?

De nouveau, il avait saisi son fouet, lanière et manche réunis, hésitant encore sur la partie à utiliser pour corriger qui lui passerait à portée de main. Ainsi armé, il se sentait capable d'affronter la nuit, le ciel déchaîné et l'adversité insaisissable. En fait, la peur l'étreignait. Les attelages, il en avait souvent accompagné comme roulier, beaucoup plus rarement comme charretier. Les chemins lui étaient familiers tant qu'il s'agissait d'en suivre les talus ou de marcher sur les bas-côtés. Mais cette fois, il en allait tout autrement.

À la tête d'un attelage dont il ne connaissait pas le maniement, sous cette pluie lourde et pénétrante, il ne savait au juste où il allait.

De mémoire, il se souvenait de charbonniers ayant travaillé sur l'autre versant. Leurs huttes seraient peut-être encore là, leur campement aussi. En tout cas, lui et les siens seraient à l'abri, loin du tumulte du Giffre et de ses multiples nants dont les eaux inondaient la nuit partout en contrebas.

Ce qui préoccupait Modeste Charmoz, c'était l'étroitesse du chemin. Il ne pouvait l'estimer précisément mais le pressentait de moins en moins large. Là où au départ seules quelques branches venaient griffer les bords de la bâche, c'était désormais une pluie incessante de gouttelettes et de brindilles qui s'abattait sur eux. Signe que l'on avançait à couvert.

De la main, il tentait bien d'en écarter quelques-unes, mais c'était peine perdue. À peine la branche repoussée, elle fouettait de nouveau les visages, les épaules et les nuques. En plus de la pluie du ciel, celle des arbres se joignaient au concert mouillé qui grêlait les visages.

Ils avancèrent ainsi un quart de temps. Lui debout, les rênes dans une main, le fouet dans l'autre. De plus en plus hésitante, la jument peinait à passer entre les troncs des feuillus. À un moment, elle s'arrêta, les sabots englués dans une molasse noire et fangeuse.

— Hue, bon Dieu, hurla le petit homme, donnant du fouet et de la voix comme il l'avait vu faire des vrais charretiers.

Il glissa un regard à sa femme, glacée de froid et de pluie, de fièvre peut-être aussi à en croire ses mains croisées qui tremblaient sur ses cuisses, pas plus épaisses que des planches de lavoir.

— Mordieu, tu vas avancer, grimaça-t-il en voyant la bête empêtrée dans la boue grise et les ronces qui faisaient obstacle.

Ce fut son dernier ordre. À bout de souffle, à bout de forces, la jument tenta un ultime effort pour se sortir de la fondrière dans laquelle elle était venue s'enliser, puis rendit les armes, tête basse.

— Ah, ma rosse, tu vas voir c'que c'est de nous y foutre dedans.

D'un bond, il sauta de son banc, le fouet dans une main, un gourdin dans l'autre. Avant même d'avoir jugé de la situation, il commença à cogner sa jument comme s'il se fût agi de battre des épis. Sur la croupe, les flancs, les jarrets, les côtes… Les coups pleuvaient partout. Inutile et dérisoire vengeance. Il frappait pour oublier sa vie misérable, pour se venger de ses bouches à nourrir, pour crier sa haine de ceux qui le détroussaient ou le rançonnaient sur les routes. Il frappait pour tout ce qu'il n'aurait pas et tout ce que les autres possédaient.

Essoufflé, il s'arrêta, le fouet autour du cou :

— C'est que l'début… Maintenant va falloir en sortir parce que…, fit-il, le gourdin levé.

Ses mots lui échappaient, à moins que ce ne fussent ses idées. Il hésita avant de lâcher d'une traite :

— Parce que avec ça, j'en ai occis plus d'un…

Dérisoire mensonge. La jument n'eut même pas la force de tourner la tête. Exténuée, elle fumait de la croupe et du poitrail, sa peau frémissait là où sans doute les coups avaient été les plus rudes. Son souffle de plus en plus court sortait de ses naseaux par bouffées que la nuit épongeait aussitôt.

Sa colère retombée, Modeste sentit la peur lui mordre le ventre. Pas celle des nuits passées à veiller sur sa malle de colporteur, adossé au creux d'un fossé ou dans le recoin d'une grange, mais la peur de tout perdre : grains, vêtements et outils entassés en hâte à l'arrière de son attelage et qu'il risquait de devoir abandonner sur place. Sans parler de la jument ni de la charrette.

Les siens ? Il n'y pensait même pas, si ce n'était comme des fardeaux ou des bouches à piailler. Quand il se souvint d'eux, il leur assigna immédiatement une corvée assortie de menaces.

— Vous autres, ordonna-t-il à ses deux aînés, un sur chaque roue, et tâchez de pousser fort, parce qu'il pourrait vous en cuire.

Le garçonnet qui avait aidé son père à atteler, sortit le premier de sous la bâche. Son regard, voilé de peur, évita de croiser celui de son père. Pieds nus, il clapota dans la boue pour se rendre à l'endroit indiqué. Puis se ravisa et revint sur ses pas.

— Qu'est-ce qu'il y a ? aboya Modeste.

— Faut aider Colin à descendre, il pourra pas tout seul.

— De quoi j'm'occupe, coupa son père en essayant de lui allonger une claque que l'enfant évita par habitude autant que par habileté.

Sitôt fait, le père monta sur le marchepied de la charrette, et farfouilla sous la bâche. Pour décider le gamin à descendre, il avait sa manière de faire : il l'attrapa par un bras et, comme il l'aurait fait d'un sac à moitié vide, le jeta au sol. L'enfant resta un instant hébété entre veille et sommeil. À genoux, il hésita à se lever, chercha appui autour de lui puis s'affala dans la boue. Pour seul secours, il reçut de son père un coup de sabot dans le flanc.

— Debout, c'est pas l'moment de dormir !

Aidé de son frère, le gamin trébucha encore avant d'aller se placer là où son père l'exigeait. Soumis, docile, il dormait en marchant.

Le père, arc-bouté sur le moyeu avant, hurla comme si sa vie en dépendait :

— Allez, vous autres, poussez !

Malgré l'effort commun, la charrette resta immobile. Modeste Charmoz s'en rendit compte mais ne voulut y voir que l'effet de la fainéantise de ses rejetons.

— Foi d'homme… Vous allez pousser ou vous voulez que j'vous dresse ?

Les deux petits s'étaient réunis sur la même roue pour se sentir plus forts, pour se donner aussi l'illusion qu'à deux ils auraient moins peur. Mains et mâchoires tremblaient pourtant. L'effort qu'ils firent à l'ordre du père interrompit les tremblements quelques instants puis ils reprirent de plus belle. Ce n'étaient pas les pauvres frusques portées à même la peau qui auraient pu les réchauffer ni les protéger de la pluie qui gouttait des branchages.

Malgré l'évidence, Modeste Charmoz ne voulait en démordre : sa charrette sortirait de cette fondrière, dût-il y passer la nuit. Il fit le tour de l'attelage, jugeant une situation dont il était bien incapable de mesurer la gravité. Puis, le fouet en main, il s'approcha de son aîné :

— T'as envie de moucher rouge ?

L'enfant baissa les yeux.

— J'te parle…

Le garçon regarda son père comme derrière les grilles d'un cachot, prêt à lever ses bras pour se protéger d'une grêle de coups qu'il sentait venir.

— Si on sort pas d'ce nid à merde, c'est toi qui vas prendre… j'te préviens.

L'enfant acquiesça, un sanglot dans la gorge. Il dit oui comme toujours, comme tout le temps. Depuis des années, il était la victime des excès de son père, sans se plaindre, sans jamais dire un mot qui pût être mal interprété. Comme s'il lui avait fallu porter seul le poids d'une lignée d'enfants que Modeste Charmoz ne voulait pas.

Avec ce qu'il avait de force, il serra fort le bandage boueux de la roue et, les yeux fermés, poussa aussi fort que son corps d'enfant le pouvait.

À un moment, il lui sembla que la charrette bougeait. Simple illusion ou envie que cela cesse. Que cette vie qui n'en était pas une lui accorde un peu de répit, un peu de sommeil et qu'il puisse se laisser partir pour quelques heures ou pour longtemps à l'abri d'un lit tiède, dans les bras d'une mère qui l'aurait aimé à défaut de pouvoir le protéger.

Les yeux clos, il ne vit pas arriver le coup de fouet qui lui plia le dos. Son père ne l'avait pas frappé avec la lanière, laquelle était prioritairement réservée à la jument, mais avec le manche de cuir tressé. Un coup sourd, brutal et injuste. Il voulut se plaindre, essayer de pleurer, mais n'en eut pas le temps, un deuxième coup suivi de plusieurs autres tombèrent en grêle sur son torse, ses cuisses, ses épaules, son cou.

— J't'avais prévenu ! beugla le père, aveugle à sa violence et inconscient de ses gestes.

Il saisit une lampe à esprit de sel, pauvre lumignon qui peinait à éclairer au-delà de sa main, contourna la charrette, inspectant, reniflant, s'essuyant le front d'un revers de manche. On sentait la peur l'envahir et avec elle la honte de devoir admettre son impuissance devant les siens. Son inspection terminée, il voulut conclure à son avantage :

— Vous êtes que des pouilleries, des bouches à nourrir…, lança-t-il, un pied posé sur le moyeu d'une roue, manière de se grandir et de couper court aux jérémiades.

Menaçant, il pointa le doigt.

— Vous allez déguerpir avant que m'revienne l'envie de vous rosser.

Blottis l'un contre l'autre, les enfants s'étaient abrités sous la charrette, encapuchonnés dans leurs carrés de toile de sac. La mère ne lâchait pas ses deux derniers, tenus fermement contre chacune de ses hanches.

— Allez, beugla le père d'une voix d'ivrogne, virez-moi ça de là-dessous !

— Pour aller où ? interrogea la jeune femme.

— Qu'est-ce que j'en sais, moi…

Puis après un temps, il ajouta, soucieux d'être à la hauteur de ce qu'il voulait dire :

— Vous avez qu'à suivre le chemin.

— Et où ça mène ce chemin ? se rebella sa femme, terrorisée à l'idée de devoir s'enfoncer seule dans la nuit, sans lumière, avec pour seul secours la miséricorde de Dieu s'Il voulait bien la lui accorder.

— Y a qu'à aller jusqu'au bout, trancha Modeste Charmoz.

Et sûr de lui, il ajouta :

— Par là-haut, y a des huttes de branchages montées par des charbonniers, vous avez qu'à vous y mettre. J'reste ici, moi, pour veiller sur notre bien, puisque vous êtes pas capables d'y faire. Et j'ramènerai nos affaires demain à dos d'homme.

Personne n'eut le cœur à le contredire. Il était possible que quelques cabanes aient été construites par le passé sur ce versant. En subsistaient peut-être les murs faits de rondins empilés comme les bâtissaient les charbonniers, peut-être même des toits de planches ou de branchage. Quelque chose au moins pour s'abriter de ces risées de pluie glacée, dans l'attente que le ciel s'apaise et que la colère du père retombe.

Résignée, la mère réunit sa marmaille. Leurs yeux étaient immobiles, flambant d'une lumière noire que la pluie avivait par instants. Peur, haine, ressentiment, tout se mêlait dans cette lueur sans fond. Les pieds dans la boue, les mains à l'abri sous les aisselles, ils attendaient l'ordre du départ comme une libération.

# 3

Angeline Charmoz marcha longtemps. Par instants, il lui semblait dormir ; elle ébauchait alors le geste de s'enrouler dans une couverture de rêves, son buste se redressait, ses épaules suivaient. Pas pour longtemps. La présence des petits corps tièdes somnolant sur ses hanches la ramenait chaque fois à la réalité.

Autour d'elle, la pluie venait en vagues incessantes, portée par un vent de cime qui lui donnait une force inhabituelle. Bourrasques et sautes de vent se succédaient comme si le ciel s'était échancré d'un coup, incapable de retenir plus longtemps l'eau de ses entrailles. La jeune femme avançait les yeux mi-clos, résignée, laissant l'eau couler où bon lui semblait, sur son visage, ses épaules, ses seins, ses flancs.

À son côté trottaient les deux garçons. L'aîné, transi, rassuré néanmoins de savoir son père resté auprès de la charrette. Le puîné dormait debout, la main agrippée à la manche de son frère.

Une lieue, peut-être deux furent ainsi parcourues. Dès qu'un replat se faisait sentir ou que la pente s'adoucissait, Angeline Charmoz se prenait à espérer. Fouillant la nuit, elle tentait de repérer une lueur, un feu, quelque chose qui lui eût rappelé la tiédeur d'un foyer aussi modeste fût-il.

Brusquement, son aîné l'agrippa par sa robe :
– Y a d'la fumée…

– Où ça ?

– J'sais pas, j'la sens.

La jeune femme aspira une goulée d'air puis se mit à la mâcher doucement comme pour en extraire les arômes. La pluie tombait toujours aussi fort. Du sol montaient des odeurs de feuilles mouillées, accompagnées par instants des relents inhabituels, un peu âcres, un peu fauves. Avant de se réjouir, elle se tourna aux quatre vents et chercha à identifier la direction.

– Là-bas ? fit-elle hésitante.

Ce n'était ni une question ni une affirmation. Seulement un espoir, celui de ne pas se tromper, de ne pas être une nouvelle fois déçue et de pouvoir enfin se mettre à l'abri. Son fils la contredit d'un mouvement de tête et lui indiqua du doigt le revers du talus.

– Tu crois ?

Elle balaya d'un regard pressé toute la largeur de l'épaulement de terre. Partout le même noir épais avec par endroits des masses plus sombres encore. Des épicéas, immobiles et fiers, veillaient sur la tranquillité des lieux.

Angeline connaissait la nuit et ses replis dans lesquels elle savait se fondre pour échapper aux colères de son mari.

– Reste là, murmura-t-elle à son aîné en lui tendant les deux petits corps endormis.

– Ici ?

– Oui, juste le temps de savoir s'il s'agit d'une campe ou d'un vieux feu.

D'un bond, elle fut sur le haut du talus. Les sabots à la main pour ne pas risquer de les fendre, elle avança, un bras tendu à hauteur du visage afin de se protéger des branches basses. Quelques mètres encore la séparaient du haut de la pente ; alors elle se courba pour faire corps avec le sol et ne pas prendre le risque d'être vue, puis s'immobilisa.

Au sommet du talus, une clarté jaune délayait la nuit. Un feu, des lampes peut-être, dont les lumières bataillaient contre la pluie et le vent. À ce moment, elle sut que Dieu l'avait entendue ou à tout le moins avait eu pitié de ses enfants.

Quand elle redescendit, son visage souriait à la nuit.

— C'est bien là-haut, murmura-t-elle.

— Un campement ?

— Oui, y a un feu et des lampes...

Avec d'infinies précautions, ils avancèrent tous cinq réunis. Elle, au milieu du chemin, ses deux aînés de part et d'autre, accrochés à sa robe comme on peut l'être à un cordage ou à une ligne de vie.

À mesure qu'ils avançaient, la fumée devenait plus dense, presque âcre, signe que le feu peinait à respirer sous ces assauts mouillés. Quand ils furent à bonne distance, elle observa de loin pour ne pas risquer une mauvaise rencontre. Son mari avait semblé sûr de lui en affirmant connaître l'existence de ces huttes, mais il mentait si souvent, la plupart du temps sans raison, seulement pour dire, tenir sa place et chercher querelle à qui le contredisait.

Ils avancèrent encore de quelques mètres, sans un bruit, longeant le bord du chemin par lequel ils pourraient s'enfuir si d'aventure les huttes étaient occupées par quelques rouliers ou coureurs de routes. On avait parlé les années passées de soldats ayant déserté les armées comtoises, lassés de devoir se battre sans solde contre les troupes du roi de France. Après le désastre d'Arbois où leur capitaine, Morel, fut pendu, plusieurs dizaines d'entre eux s'étaient réfugiés ici ou là sur les terres du duché de Savoie.

Angeline fit quelques pas de plus. À l'odeur de fumée de bois se mêlaient désormais celle de sciure et plus loin, échappée d'une hutte ou d'une cabane, celle d'une marmite mise au feu.

La jeune femme n'osait entrer dans ce qui semblait être une aire dégagée. Place à feu ou clairière naturelle, quelque chose sans arbre en tout cas, cela se percevait à la nuit plus fluide à cet endroit. Autour d'eux, pas un bruit. Dans la hutte dressée sous les branchages, rien non plus. Alors elle avança.

Au moment où elle entrait dans la clairière, elle entendit une mule saboter à couvert puis se mettre à tirer sur sa longe. En même temps, un homme apparut, gourdin en main.

— Qu'est-ce que c'est ?

— Je cherche secours… pour mes petits… et pour moi, réussit à articuler Angeline, plus inquiète pour ses enfants que pour elle-même.

Suspicieux, l'homme avança.

— D'où tu viens ?

— Du Frenalay… On est montés en charrette, mais elle s'est englaisée dans la boue à une lieue d'ici.

L'homme écoutait, soupçonneux. Un homme jeune encore mais déjà marqué par la vie. Sa tête tout en hauteur semblait cabossée sur les tempes, ses cheveux roux fuyaient son front pour se réunir en une grosse touffe qui lui allongeait le crâne.

— Approche, ordonna-t-il d'une voix forte.

Angeline s'exécuta, ses enfants dans les jambes.

— Le Frenalay, tu dis ? Et ta charrette, où elle est ?

— En bas dessous, mon mari est resté pour la garder.

L'homme avança afin de dévisager son monde de plus près. De ses petits yeux noirs, il observa la troupe qui lui faisait face.

— C'est pas bien vieux tout ça.

40

D'un coup, sa voix s'était adoucie, comme si, à voir la détresse de près, il se mettait à oublier ses craintes. Son gourdin passa d'une main dans l'autre puis finit par lui servir de canne.

— C'est à cause de l'eau que vous êtes montés ?

— Oui, fit-elle de la tête. Par chez nous, le nant a grossi, il charrie des rochers et des troncs.

— C'est pareil partout, fit l'homme fataliste, la montagne pisse de tous les côtés depuis deux jours.

Il s'interrompit comme si ce qu'il avait à dire ne lui plaisait pas, puis enchaîna :

— C'est que vous êtes pas les seuls à monter. Du monde, y en a déjà plein les cabanes.

Pendant qu'il parlait, il se passait la main sur le crâne histoire d'aplatir son gros bourrelet de cheveux. Puis il reprit :

— Misère de misère, il sera pas dit qu'on laisse une mère et ses enfants dehors, nous autres. Viens donc par là, invita-t-il de la main.

Ils le suivirent jusqu'à l'entrée d'une cabane tout en longueur. Une simple cahute genre baraque à outils faite de troncs entassés et de branchages entrecroisés sur le toit. Sans doute avait-on, comme souvent, couché sous les branches des brassées de fougères pour faire barrage au vent et à la pluie. Au sol de la terre. Sur les murs rien. Peut-être quelques morceaux de mousse pour calfater les troncs, mais guère plus. De porte, il n'y en avait pas, de fenêtre non plus. Sans doute ceux qui avaient vécu là les avaient-ils emportées avec eux, une fois le campement abandonné. L'homme s'excusa en montrant l'entrée.

— Y a que ça. Les autres cahutes sont toutes occupées. Et va falloir vous tasser parce que ici le chanoine a déjà eu bien du mal à faire entrer tout le monde.

Ces derniers mots prononcés, il ajouta :

– Bouge pas, faut qu'j'aille le chercher, c'est lui qui décide.

Il avait parlé comme les habitants du Haut Giffre, Angeline ne le connaissait pourtant pas. Confiante, elle s'était avancée à l'entrée de la cabane pour se mettre à l'abri de la pluie. Dedans on ne voyait rien mais on entendait tout. Des râles aux ronflements, chaque corps expurgeait à sa manière le trop-plein de fatigue supportée pour venir jusque-là.

Tant qu'elle avait marché, un enfant sur chaque hanche, elle n'avait pas senti le froid. Elle savait pourtant qu'il suffisait de s'arrêter quelques instants pour que les muscles se nouent et qu'un froid de tombe envahisse le corps. Pour s'en prémunir, elle se mit à marcher sous l'avancée du toit, ses deux petits bien au chaud au creux de ses bras, les deux autres accroupis, déjà presque endormis contre le mur de l'entrée.

– C'est toi la nouvelle ?

La voix était autoritaire et douce en même temps. Angeline leva les yeux. Son visage était marbré de froid. À la pointe de ses mèches se formaient des chapelets de gouttes qui grossissaient puis se détachaient avant d'aller rouler sur ses joues, son cou et ses épaules. Sous ce vernis mouillé, tout semblait figé à l'exception de ses yeux inquiets et rebelles. Quand elle découvrit l'homme face à elle, ils s'agrandirent encore.

– C'est moi, mon père, et mes quatre petits sont là, dit-elle en les désignant de la main.

Le chanoine Humbert évalua d'un coup d'œil l'état des enfants et de la mère. Pour cela, il se défit d'un coup de tête du capuce qui lui voilait le haut du visage. Un homme jeune, gigantesque dans son habit de laine écrue, un simple scapulaire de couleur tannée lui protégeait les épaules.

– Il faut vous réchauffer, ordonna-t-il.

Comme Angeline ne bougeait pas, il lui tendit la main :

– Venez…

En même temps, il se baissa pour prendre dans ses bras deux des trois enfants et se dirigea vers une cabane construite à couvert. D'un geste, il demanda à l'homme chargé de surveiller les mules de venir le rejoindre.

– De l'eau chaude, exigea-t-il.

Puis il se ravisa :

– Des bouses fraîches, il en reste ? demanda-t-il du même ton assuré et confiant.

Le rouquin au large front s'empressa de s'exécuter. Armé d'une seille de bois et d'une plate, il rappliqua avant même que le chanoine n'eût le temps d'entrer dans la cabane. Au sol, rougeoyait un feu ouvert, encadré de gros galets noircis par la fumée. De temps à autre, des fumeroles s'en dégageaient, bleuissant l'air par vagues avant d'aller ramper le long des murs à la recherche d'interstices par où s'échapper. Partout la même odeur de fumée de bois et de corps avachis, mouillés de sueur aussi froide que la pluie.

Après avoir déplié une couverture en laine, sans doute tissée sur un métier familial, le chanoine l'étendit au sol, à distance des braises :

– Mets-toi là, indiqua-t-il, à la jeune femme, et il va falloir s'occuper sans tarder des enfants.

– Oui, fit-elle de la tête.

– De suite, insista-t-il pour être sûr de s'être bien fait comprendre.

Angeline Charmoz mit un genou au sol. À ce moment seulement, elle prit conscience de la taille inhabituelle du chanoine. Sept ou huit pieds de haut, largement plus d'une toise en tout cas. Et de surcroît une maigreur musculeuse qui accentuait cette impression. Son visage était à l'avenant : long, mince et tendu d'une énergie maîtrisée.

— Ne réveille pas les plus jeunes, murmura-t-il, il sera temps tout à l'heure.

Avant d'ajouter :

— Toi, viens te réchauffer.

L'aîné des Charmoz obéit. Sa mère l'encouragea du regard et le chanoine lui recouvrit les mains et les pieds de bouse fraîche pour les réchauffer.

Le chanoine Humbert était prieur à l'abbaye de Sixt, située à plusieurs lieues en aval. Une abbaye vieille de cinq siècles, construite en 1135 par les moines venus d'Abondance après qu'Aymond I$^{er}$, seigneur du Faucigny, en eut fait don à l'ordre de saint Augustin. D'ordinaire, le chanoine Humbert administrait le chapitre depuis le village de Sixt. Mais un différend avec des habitants du Molliet qui avaient refusé de payer leur bail à cens en monnaie l'avait contraint de se déplacer. Jusqu'alors, les villageois avaient toujours payé leur dû en mesures de seigle et ne voyaient pas pourquoi changer une pratique vieille de plusieurs dizaines d'années.

Face à la montée des eaux et aux risques de crue du Giffre, le chanoine avait fini par se rendre à l'évidence : son retour ne serait pas pour ce soir. Et il s'était retrouvé à suivre quelques villageois jusqu'ici, portant le bagage des uns, aidant quand nécessaire à pousser le charroi des autres.

Une fois les plus grands des enfants réchauffés, le chanoine invita Angeline à en faire autant. Il parlait d'une voix distante, comme récitant un texte appris d'avance où l'hésitation et l'imprécision des mots n'avaient pas leur place. Cela renforçait encore l'autorité qui se dégageait de cette carcasse encombrante qu'il tentait de faire oublier en s'imposant une maîtrise contenue dans ses gestes et ses mouvements.

Ensuite, il se soucia de savoir si tout le monde avait mangé, fit apporter un reste de bouillie d'orge d'une hutte voisine, une écuelle, des cuillères en bois, se préoccupa des plus petits qu'il enveloppa lui-même dans des linges passés au-dessus des flammes afin de les réchauffer.

Angeline le regardait faire, soumise et résignée. Appréciait néanmoins qu'on lui vînt en aide sans risquer de prendre un coup ou une insulte au moindre mot échappé ou mal compris. Plusieurs fois, elle leva les yeux vers le père Humbert cherchant à comprendre pourquoi tant de sollicitude lui était accordée, elle qui n'avait jamais rien reçu de la vie.

Le visage du père Humbert restait clos. Bienveillant mais clos. Comme le sont les claustras séparant le confesseur du confessé. À peine si, de temps à autre, un peu de lumière arrachait à son regard une ombre d'intérêt ou de surprise.

Quand tout fut en ordre ou du moins qu'il le considéra comme tel, il intima avec cette même voix monocorde faite pour aimer autant que condamner :

— Vous allez dormir ici dans cette cabane, ce sera plus chaud que dans le dortoir dressé là-bas dans le sous-bois.

Angeline voulut remercier, tendre les mains en signe de reconnaissance, mais n'en fit rien. Bouche ouverte, elle se contenta de hocher la tête comme on admet une évidence. Au moment où le père Humbert sortait, elle lui prit la main :

— Merci...

Avec toujours autant d'indifférence, il coupa court à cette effusion qui, à défaut de lui paraître déplacée, ne convenait sans doute pas, selon lui, à la situation du moment.

– Ce n'est pas moi qu'il faut remercier, ma fille, mais notre Seigneur Jésus-Christ. Les prières sont faites pour cela, dois-je te le rappeler ?

Elle fit non de la tête et une fois ses enfants endormis dans le fond de la pièce, là où le peu de chaleur échappée des braises rayonnait, elle se mit à genoux. Puis se blottit contre les petits corps chauds, parcourus de soupirs et de bruits de succion.

À plusieurs reprises, elle vérifia de la main que ses enfants dormaient en paix à son côté, puis le sommeil l'envahit sans prévenir. Tout allait bien, la nuit les protégeait de ses draps épais. La pluie gouttait encore des branches, mais de plus en plus doucement. Presque imperceptiblement. Un simple murmure, un doux chuintement.

Brusquement, son corps se raidit. Elle se retourna une fois, puis une autre, ses jambes se détendirent sous la couverture de laine. Dans son rêve, il lui fallait lutter pour contenir la porte de leur maison contre les assauts du vent. Ou de la pluie. Elle ne savait plus. La boue s'engouffrait par les fenêtres avec un bruit de torrent déchaîné, les rochers fracassaient les cloisons de bois de sa demeure.

« L'orage, se dit-elle, c'est l'orage… »

Elle tenta de crier pour prévenir autour d'elle. En vain. Aucun son ne sortait de sa bouche, son souffle hésitait entre s'éteindre ou rejaillir. Le nant débordait, cela s'entendait aux roulements des rochers qui venaient fracasser les murs.

Haletante, elle se réveilla, se redressa. Sur un coude d'abord pour mieux écouter. Puis son buste suivit. Sa poitrine était maigre, ses bras aussi, seuls ses seins triomphants malgré ses grossesses répétées accrochèrent la lumière bleutée de la nuit.

Dehors, derrière la toile tendue qui servait à s'isoler du froid, il lui semblait voir des lumières, des ombres, des corps en mouvement. Elle attendit encore, pas très sûre d'être réveillée.

Puis d'un bond, elle fut sur pied. D'un seul mouvement, elle attrapa deux de ses enfants par le bras et les traîna dehors ne sachant au juste pourquoi elle agissait ainsi. Puis elle revint en courant, s'empara des deux autres petits corps insouciants, les enveloppa comme elle put dans une toile saisie à la volée et sortit.

Dehors, le vacarme grandissait. Beaucoup de silhouettes, des femmes pieds nus, des hommes la main sur le front pour tenter de creuser la nuit. Des enfants qui ne savaient plus s'il fallait pleurer ou bien se taire. Et puis le chanoine Humbert. De sa même voix monocorde et forte, il ordonna :

— À genoux, priez pour la miséricorde de Dieu...

D'un seul mouvement, quinze ou vingt corps s'agenouillèrent dans la boue. Tous se mirent à prier en même temps. Les mots s'enchaînaient par habitude, les phrases revenaient, happées par le souffle des récitants.

Un genou au sol, le chanoine Humbert priait à haute voix :

— En Votre nom, Jésus, et par les mérites infinis de votre sang versé pendant la Passion, je Vous prie de briser tout lien caché contracté entre les forces du mal et moi. Pour ce faire, je renonce de toutes mes forces à Satan et au péché. Je renonce en particulier à l'esprit de divination, de magie, de spiritisme ; je renonce aux esprits et à l'esprit maléfique qui rôde autour de moi. Que coule sur moi, Seigneur, Votre Sang Précieux, qu'il me libère de tous liens, me purifie de tous maux et de toutes traces de péché. Pour que, enfin

47

libre, je puisse Vous glorifier maintenant et dans les siècles des siècles. Ainsi soit-il.

Tous psalmodiaient en essayant de suivre une prière qu'ils ignoraient, les yeux rivés sur l'autre versant. Là où le tonnerre montait des entrailles de la terre.

– C'est la montagne qui s'effondre, entendit dire Angeline juste derrière elle.

Elle leva les yeux, mais ne vit rien. Rien d'autre qu'un noir profond, lourd comme un drap de deuil. Du bruit, c'était tout ce qu'elle entendait. Partout, dans le ciel, dans le sol, dans sa gorge jusque dans son ventre qui se contractait à mesure que le vacarme s'amplifiait.

La montagne s'effondrait. Cela venait de l'autre versant, celui d'en face. De Tête Noire, de Tré-la-Chaume, du Cheval Blanc, ou de plus loin encore, personne n'aurait su dire exactement d'où était parti l'éboulement.

D'ordinaire, les coulées de roche, bien que fréquentes, n'avaient jamais une telle violence. Jamais elles ne duraient aussi longtemps. Plus ils priaient, plus il leur semblait que l'éboulement s'amplifiait, se nourrissant de son écho et de tout ce qu'il broyait, arrachait, brisait ou déracinait sur son passage. L'air vibrait comme si d'un coup il avait voulu se débarrasser de ces tombereaux de bruits qui l'alourdissaient en les laissant tomber là où il le pouvait.

Brusquement, Angeline interrompit sa prière et enlaça ses petits. Les couvant de ses bras, elle cacha les plus jeunes sous sa robe, les deux grands s'adossèrent contre ses hanches. Tous prièrent de nouveau, paupières baissées, aussi longtemps qu'ils le purent comme l'avait ordonné le chanoine.

Quand Angeline rouvrit les yeux, il lui sembla que le gros de l'éboulement était passé. De loin en loin, on entendait bien encore quelques rochers rouler puis interrompre leur course faute de pouvoir aller plus loin. À côté d'Angeline, un homme se releva, porta les mains à ses reins, histoire de se donner le temps de trouver les mots à prononcer. À court d'idées, il lâcha, fataliste :

— Ben, nous voilà beau...

Une à une, les têtes se relevèrent, des faces de pierre sale, lavée de toute expression. Seul le chanoine Humbert trouva la force de se redresser totalement, visage offert à la nuit, poitrail prêt à tout subir si telle était la volonté divine. Avec la froide distance qui lui était habituelle, il commença :

— Vous n'êtes que d'humbles pécheurs soumis à la puissance de Dieu. Réjouissez-vous d'être en vie, remerciez le Tout-Puissant de vous avoir accordé Son infinie miséricorde.

En parlant, il se signait, lentement, du bout des doigts, pour que chacun puisse l'imiter. Il agissait comme un marcheur creusant sa trace dans une neige profonde, laissant à chacun le temps de repérer la juste place où devait tomber son pied.

Beaucoup de regards demeurèrent immobiles, enfouis dans l'immensité du massif. Certains cherchèrent pourtant à découvrir dans la masse noire des montagnes une crête, un dôme ou une arête qui aurait disparu. Les autres, les plus nombreux, gardaient les yeux au sol, incapables d'imaginer ce qui avait pu se produire. De mémoire d'homme, des éboulements, il s'en produisait régulièrement, parfois chaque année quand des blocs instables se détachaient là-haut en altitude après avoir subi des années durant les assauts du soleil, de la pluie et du froid.

Parfois cela prenait plus d'ampleur : le Frenalay, maigre assemblage de quelques cabanes et de deux fermes, payait un tribut régulier à la colère des cimes. Dix ans en arrière, du bétail avait été décimé, des hommes aussi avaient trouvé la mort, emporté par une avalanche de roches et de boue.

Du groupe de prieurs, le premier à se relever fut le rouquin. Sous sa chemise de chanvre portée à même la peau, il semblait transpirer malgré l'heure froide de la nuit. Plusieurs fois, il huma l'air comme pour repérer la présence d'un animal.

— De Bleu ! rugit-il comme s'il fût brûlé au fer rouge.

D'un geste, le chanoine le coupa dans son élan pour le rappeler à plus de mesure.

— Pardon, mon père… mais écoutez, fit-il le doigt tendu.

— Quoi donc ?

— Le Giffre…

— Eh bien ?

— Il coule plus…

Ceux qui faisaient cercle autour de lui tendirent l'oreille. Après le vacarme de l'avalanche, le silence avait repris ses droits. Pas le silence des nuits ordinaires où les bruits avaient leur place, mais un silence immobile, dérangeant. Évariste des Curtets, un voisin du rouquin, s'accroupit, puis s'allongea sans se soucier de la boue. Il posa sa joue au sol comme le faisait l'enselisseur sur la poitrine des mourants pour s'assurer que leur heure était venue. Le souffle retenu, il écouta respirer la terre.

— C'est vrai, le Giffre coule plus.

Son avis faisait autorité. Pour tous, sa réputation de chasseur avait depuis longtemps dépassé celle d'un habile tireur. À force d'observation, il avait appris à aiguiser ses sens au point d'être capable de faire le tri entre tous les bruits de la nuit. Troublé, le chanoine hésita avant de prendre la parole. D'un ton apaisé, il tenta de rassurer :

— Des rochers et du limon ont encombré le lit, voilà tout.

— Non, coupa Évariste.

— Comment ça non ?

– Sauf votre respect, mon père, si c'était le cas, l'eau coulerait quand même… Moins fort, mais coulerait… avec tout ce qu'il est tombé ces jours passés.

Le chanoine dressa son immense carcasse aussi haut qu'il le put. Avec la nuit, sa robe avait viré au gris, un gris sale, maculée d'ombres et de plis noirs. Il toisa le chasseur du regard puis, d'un ton cassant, tenta de lui imposer sa vérité :

– J'ai longtemps travaillé à assécher des marais dans les Dombes, aux confins de la Bourgogne. Je sais ce qu'il en est d'une retenue, je sais aussi creuser des fossés et canaliser les eaux débordantes pour fertiliser les terres. Laissez à l'eau le temps de retrouver son cours et votre torrent coulera de nouveau.

Face à l'autorité du chanoine, son savoir, sa façon d'employer des mots qui convainquaient, face aussi à ses certitudes de bâtisseur, personne n'osa le contredire. Évariste n'en crut pas un mot et, avec un rictus de la joue comme on en fait pour se curer une dent, il murmura à ses voisins :

– Demain, ça coulera pas plus qu'aujourd'hui.

4

En dépit de la fatigue, rares furent ceux qui trouvèrent le sommeil même aux heures pâles du matin. Les plus inquiets demeurèrent adossés aux murs des cahutes, prêts à serrer leurs maigres affaires dans un sac au premier grondement suspect. Les autres, fourbus, fatalistes ou rassurés par les propos du chanoine, sombrèrent dans un sommeil sans rêve, se débattant entre le gris clair et le gris foncé.

Angeline, elle, ne savait pas. Ne savait plus. Bien sûr les mots rassurants du chanoine l'avaient aidée à contenir sa peur. Mais elle savait aussi qu'une immense masse de roches et de terre suffisait à détourner un torrent de son lit. Il en avait été ainsi pas très loin d'ici, dans les gorges des Tines à l'entrée du village de Samoëns.

Son tourment était pourtant tout autre. Quand le chanoine l'avait raccompagnée dans la hutte, deux de ses enfants dans les bras, il l'avait aidée à les envelopper dans la couverture de laine filée. Durant quelques instants, il était resté à regarder les petits dormir avant de lever les yeux. Son regard semblait absent, il hochait la tête comme pour dire non. Puis il allongea le bras et posa sa main chaude sur la joue d'Angeline.

« Un geste de soutien, pensa-t-elle, un encouragement à ne pas renoncer à mon devoir de mère. »

La main était restée immobile avant de glisser vers la nuque, le cou, s'arrêtant, hésitant, insistant. Angeline avait beau respirer fort, l'air demeurait prisonnier de ses poumons. Combien de temps dura l'échange ? Elle ne s'en souvenait plus. Longtemps, c'était sûr. Bien plus longtemps qu'un geste d'absolution comme elle en connaissait en tant que pénitente.

Quand le chanoine Humbert se releva, il sembla à Angeline qu'il était porteur d'une force qu'elle ignorait mais qui avait le pouvoir de la rendre heureuse. Cela lui rappela les soirs de veillée quand parents et amis s'installaient en cercle dans la lumière crachotante du croëzli[1] à huile. Sa grand-mère avait les doigts crochus mais savait caresser malgré son infirmité. De ses doigts morts, elle lui tressait les cheveux en nattes, effleurait de ses paumes ces parties du crâne les plus sensibles qui la faisaient frissonner. Ce bonheur-là lui avait échappé depuis longtemps ; le retrouver sous une main inconnue la troublait.

Recroquevillée sur son coin de couverture, elle attendit longtemps que blanchisse la nuit. Il lui pressait comme aux autres de sortir pour voir ce qui s'était passé. C'est alors qu'elle pensa à son mari, la charrette, la jument, les quelques biens réunis en hâte et abandonnés sur le chemin. Étonnamment, cela n'avait plus grande importance.

Quand le jour commença à crayonner de gris les contours de la toile qui tenait lieu de porte, elle passa un paletot en peau de bique laissé par le rouquin, chaussa ses sabots et repoussa la toile.

D'abord elle ne vit rien. Rien d'autre qu'un brouillard d'eau montant de la terre. La pluie avait cessé avec le jour mais subsistait un air mouillé qui collait au visage comme

_____

1. Nom d'une petite lampe à huile utilisée en Savoie.

un voile humide. Des sommets, on ne distinguait presque rien. À main gauche, elle devina la Corne du chamois émergeant par instants des vagues de nuages qui venaient s'y déchirer. Plus loin, d'autres sommets apparaissaient, happés quelques instants plus tard par de longues nioles de vapeur blanche.

Brusquement, il lui sembla entendre l'eau couler. Le chanoine avait dit vrai. Il avait suffi de la nuit pour que le Giffre retrouve son cours. Elle écouta, attentive, pas très sûre malgré tout.

En contrebas, elle vit le rouquin remontant la pente, appuyé sur un long manche à pointe de fer recourbée. À son visage, elle comprit que les choses n'étaient pas aussi simples.

— Alors ? demanda-t-elle.

L'autre resta muet. On le sentait essoufflé, contrarié, apeuré en dépit de sa pose conquérante. Il mâcha ses mots lentement avant d'en conserver quelques-uns qu'il jeta comme des restes à un mendiant :

— Que te dire…, lâcha-t-il, laconique.

Il n'osait parler. Sans doute dans son esprit fallait-il conserver ses mots pour le chanoine Humbert, l'homme à qui en pareilles circonstances on se référerait, celui qui savait, celui qui décidait sans risque de se tromper tant sa proximité avec Dieu était grande.

— Mais c'est venu d'où ? insista Angeline.

— De Tête Noire. Tout s'est effondré. Y a plus de forme, que d'la terre et des rochers, plus de montagne, plus de vallée. Partout, c'est que misère de pierres.

Angeline sentit sa salive tourner à l'aigre.

— Et les fermes ?

— Plus rien, j'te dis. Ça brûle, sur les Pellys, Nant-Bride, Le Molliet, les fumées montent de partout.

Ce qu'Angeline avait pris pour des nioles, ces longues tresses de nuages qui rampent dans les vallées au lendemain des jours de pluie étaient en fait des fumées d'incendie.

Cherchant à se rassurer, elle demanda encore :

— Et notre charrette, tu l'as vue ?

Le rouquin ne se retourna pas. D'un pas lourd, il alla jusqu'à la longue cahute dressée en lisière de clairière, là où sans doute le chanoine avait passé la nuit dans la moiteur des corps et la lourdeur des ronflements.

À peine entré, l'homme d'Église l'apostropha :

— Parle, ordonna-t-il, les autres dorment.

Le rouquin adopta une attitude soumise. Entre déférence et crainte, il courba le buste, baissa l'épaule, comme un meunier prêt à décharger un sac.

— C'est tout parti, mon père, de Tête Noire jusqu'au bas du Giffre. Les bois, les prés, les pâtures, tout. De la terre noire haute comme les arbres...

Il s'interrompit avant de préciser :

— Non, c'est même pas ça, parce que les arbres y en a plus. Rasés, cassés à mi-tronc, ça forme des barrages partout sur le Giffre, hauts comme on peut pas l'imaginer.

Le chanoine hésitait à parler. Le rouquin était un homme en qui il avait confiance, mais, devant l'étendue de l'éboulement et l'émotion légitime, l'homme rustaud qu'il était pouvait sans le vouloir amplifier la réalité.

— Jusqu'où ça va, dis-tu ? insista le chanoine.

— Quoi, jusqu'où ? se troubla le rouquin, encore plus courbé qu'au commencement de son rapport.

Comme souvent en pareil cas, il chercha à remettre en place son bourrelet de cheveux rebelles qui lui encombrait le sommet du crâne.

— Je te demande si les villages sont détruits.

L'autre soupira :

– C'que j'en sais moi, on y voit rien, mon père.

Le rouquin disait vrai. De Tête Noire jusqu'au Molliet et même plus bas encore, tout le penchant de la montagne s'était effondré, comme replié sur lui-même. Tout avait été emporté dans un vacarme de fin du monde.

Ici, la roche était friable et fragile, ce n'était pas comme de l'autre côté du massif vers Vallorcine ou Chamouni là où la montagne se dressait, orgueilleuse et fière, éperonnant le ciel de ses pointes de granit et forçant l'âme au respect. La haute vallée du Giffre était principalement faite de calcaire et de schiste, des roches tendres qui se fissuraient aux premières morsures du gel et se dilataient au temps des grosses chaleurs. Que la pluie vînt à s'en mêler et c'était une myriade de galeries qui se formaient.

Comme le rouquin restait muet, le chanoine le mit en garde :

– Il faudra en dire le moins possible, vois-tu, tant qu'on ne sait pas, ce n'est pas la peine d'inquiéter.

Se jugeant un peu court dans son explication, il ajouta :

– Sans doute y a-t-il des blessés, des mourants peut-être, des villageois à qui porter secours. Il va falloir s'organiser, trouver un barbier, des ensevelisseurs, préparer et laver les corps. Et les convers ne savent même pas où nous sommes, tu imagines…

Il organisait le monde à sa manière, le chanoine Humbert, d'un côté les vivants, de l'autre les trépassés. Et par définition, davantage d'importance était accordée aux âmes des morts qu'aux misères des vivants. Il est vrai que l'imminence du départ pour l'au-delà était à ses yeux la première des priorités, il en était ainsi depuis toujours puisque lui et les siens touchaient l'impôt pour cela.

Le rouquin le ramena d'une phrase à la réalité :

– Justement, y a l'Angeline qui m'a demandé pour sa charrette.

– Quelle charrette ?

– La sienne, celle qu'est englaisée, par là-dessous, fit-il le bras tendu vers le tombant de la pente.

– Elle n'est pas venue à pied ?

– Si, ou plutôt non…

Le chanoine se raidit brusquement. Son ton s'en ressentit :

– Sois clair quand tu parles !

– Voilà, s'appliqua le rouquin en exagérant sa pause de servant, l'Angeline, elle est mariée au Modeste Charmoz. Ils sont venus les six dans la charrette, mais comme ils étaient trop lourd chargés ou la bête trop fatiguée, leur jument n'a pas pu passer le raidillon. C'est ce que j'ai compris, moi…

Le chanoine se rembrunit pour de bon cette fois.

– Et c'est maintenant que tu me le dis.

L'autre resta les bras mous le long du corps, le buste soumis. Non qu'il fût incapable de répondre, mais il ne comprenait pas en quoi il était coupable de ne pas avoir informé le chanoine de ce qui, somme toute, n'était qu'un détail dans cette avalanche d'évènements. Pour seule réaction, il demanda, les yeux bas :

– J'peux y aller ?

– Oui, fit négligemment l'homme d'Église, le congédiant de la main comme on renvoie un laquais.


Dans la clairière, la vie reprenait ses droits. Des feux ranimés à l'écart des huttes montaient de timides fumerolles qui s'effilochaient entre les branches basses des épicéas. Simples ramassis de braises que les femmes avaient conservés entre des pierres pour leur permettre de repartir une fois couvertes d'une poignée de brindilles sèches.

À l'entrée de sa cahute, Angeline en fit de même. Ranimer le feu, redonner sens à la vie, se chauffer un peu, reprendre espoir autant qu'on le pouvait, donner à ses enfants quelques restes de la bouillie d'avoine conservée d'hier, il n'en fallait pas plus à la jeune femme pour avoir suffisamment à faire.

Par deux fois déjà, elle avait essayé de nourrir au sein son dernier-né. Celui-ci hoquetait chaque fois, trop faible pour téter ou trop malade pour absorber quoi que ce fût. De jour en jour, son petit corps semblait de plus en plus inerte. Tout juste ouvrait-il d'immenses yeux fatigués quand sa mère l'approchait, comme pour demander qu'on le libérât du fardeau de vivre.

Comme les autres matins, Angeline lui entrouvrit les lèvres de son doigt mouillé d'eau. L'enfant pinça les lèvres, cabrant son cou pour signifier le mal qu'il avait à déglutir ou à tout simplement entrouvrir la bouche. La jeune femme savait son petit aux portes de la vie. Elle avait beau le réchauffer sur son sein, le tenir serré contre son corps, le bercer, l'enfant demeurait passif, comme absent aux autres.

Quand elle vit entrer le chanoine Humbert, elle lut tout de suite la moue affichée sur ses lèvres. Elle s'adressa à lui dans l'espoir d'un conseil :

— Il ne veut rien boire…

— Mets-le à dormir.

La réplique la surprit autant qu'elle la déçut.

— Ça fait déjà deux jours de temps…

— Couche-le et n'y pense plus.

Visiblement, le chanoine n'était pas là pour s'embarrasser d'histoires d'enfants. Il se souciait peu de savoir depuis combien de temps le nouveau-né était ainsi et plus encore des conséquences.

Le geste absent, il désigna un repli de couverture qui lui sembla convenir.

— Pose-le là, dit-il en brossant de la main les pans de sa coule dont les manches débordaient largement sur ses mains.

Angeline s'exécuta.

— Voilà, commença-il, un peu troublé. La montagne s'est écroulée depuis Tête Noire et peut-être de plus haut encore, on n'y voit plus rien...

— Jésus, Marie...

— Ce n'est pas le temps des prières, l'interrompit le chanoine, la main prête à toucher celle d'Angeline.

Il retint son geste en l'enfouissant dans les replis de sa robe puis demanda, sévère et dur :

— Ton mari, où est-il ?

— En bas.

— Où ça en bas ?

— Sur le chemin. On n'a pas pu monter, la charrette est restée dans la glaise, la jument avec. Comme on avait peur de perdre nos biens, Modeste est resté la garder.

— Modeste ?

— Oui... c'est mon mari.

Angeline baissa les yeux. Si on lui avait demandé, même à confesse, d'expliquer pourquoi elle agissait ainsi, elle aurait été bien en peine de trouver le début d'une raison. Elle baissait les yeux parce que brusquement elle ressentait une gêne en prononçant le nom du père de ses enfants. Elle ne connaissait pas l'origine de ce trouble, n'en imaginait même pas les racines, si tant est qu'elles fussent de nature à l'éclairer.

— Voilà ce que l'on va faire, expliqua alors le chanoine Humbert. Pendant quelques jours, on va rester ici en attendant que l'on vienne à notre secours. Hommes et femmes, vous allez organiser le campement, le bois, l'eau, la nourriture, je vais laisser mes instructions pour que l'on puisse survivre en attendant mieux.

Il s'interrompit, déglutit puis laissant prendre à sa phrase l'envol qui convenait :

— Je vais aller chercher de l'aide à l'abbaye : convers et moines vont ouvrir des chemins et venir au secours de ceux que Dieu a rappelés à Lui.

— Des morts ? s'inquiéta Angeline.

— Sans doute, on ne sait pas encore...

De nouveau la jeune femme se signa avant de tomber à genoux.

— Relève-toi ma fille, dit alors le chanoine Humbert, main tendue pour l'aider.

Le contact des chairs fines, lui plut. Il se savait dans la faute en agissant de la sorte mais ne pouvait interrompre ce contact charnel qui le troublait bien plus qu'il ne voulait se l'avouer. Comme la veille, il resta un moment à tenir cette main, la caresser, à se nourrir de cette douceur féminine. Longtemps. Beaucoup trop longtemps.

Quand la jeune femme se fut relevée, il endossa de nouveau ses habits d'Église :

— Courage, ma fille, murmura-t-il, avec une voix d'autorité, Dieu nous inflige des épreuves pour nous permettre de nous relever. Celle-ci en est une pour nous tous.

Angeline n'y vit pas malice. Le drame du moment et, avec lui, son cortège de misères ajouté à ses tourments pour la santé de son enfant lui suffisaient. Pour le chanoine Humbert, il en allait tout autrement.

.

# 5

Le chanoine se vêtit en hâte. Contrairement à son habitude, il passa une pèlerine en peau de chèvre et se chaussa de souliers d'usage empruntés à l'un des réfugiés du campement. Un sac de chanvre en bandoulière, une canne à long manche en main, il s'engagea sur le chemin avec les certitudes d'un conquérant.

Il lui tardait de juger par lui-même de l'ampleur de l'éboulement. Le rouquin s'était peut-être laissé emporté par l'émotion ou avait vu plus qu'il n'était.

Depuis quinze ans qu'il dirigeait le chapitre de Sixt, plusieurs éboulements étaient venus endeuiller la vallée. Chaque fois, les moines convers encadrés par les chanoines avaient aidé les habitants à se relever et à rebâtir leurs demeures de pierres et de bois, à drainer leurs champs, dégager les abords des maisons, rouvrir les chemins. Tout cela, il saurait l'organiser de nouveau puisque telle était la volonté de Dieu. De même qu'il saurait coordonner les chantiers et faire travailler les manouvriers pour un sol la journée, plus la soupe du matin et du soir. Pour le gîte, chacun se débrouillait souvent chez l'habitant à qui on laissait quelques monnaies blanches, ou dans une grange ou un miche à foin.

Le chanoine Humbert se prenait à rêver de grands chantiers comme ses glorieux aînés en avaient ouvert quand les montagnes étaient vierges de culture et lourdement envahies par les forêts de feuillus et de résineux. Là était la vraie règle de Dieu : défricher, ensemencer, récolter. Les trois cycles immuables de la vie qui se déroulaient entre frères, dans des monastères isolés, au profond des forêts avant que ne vienne le temps de l'aisance et de l'espace gagné pour les estives et les sols ensemencés.

Des huttes de bois pour seul confort, un réfectoire pour les repas, ou quelques rondins en forme de table et de banc à même le sol, des cellules de prières. C'était tout. Une vie dure qu'il regrettait. Là était pourtant la volonté de Dieu telle que l'avait écrite saint Augustin, à son départ du monastère d'Hippone.

Une règle que les chanoines de Sixt avaient dévoyée, oubliant la rigueur, se livrant au libertinage dans les étuves de Genève ou adoptant la vie commune avec femme et enfants pour les plus égarés d'entre eux.


La première lieue fut parcourue à couvert. Le chanoine allait à grands pas, piquant le sol d'un bruit métallique à chaque enjambée. Quand la pierraille se fit plus rare, il marcha sur la lèvre du chemin pour éviter la boue qui lissait le fond des ornières.

« C'est par là qu'ils ont dû s'enliser », pensa-t-il, se souvenant d'Angeline, de sa voiture et de sa montée par le chemin, pieds nus, les sabots à la main.

Sous un bosquet d'arbres maigrichons se trouvait bien la charrette. Il s'approcha, les pans de sa robe tenus en main.

La carriole penchait d'un côté. L'une des roues était embourbée jusqu'au moyeu, celle de derrière, calée avec des grosses pierres, était rompue. Un bandage de roue avait lâché et gisait dans la boue telle une couleuvre éventrée.

Il contourna l'attelage, évitant les flaques par de grandes enjambées. Le sol était piétiné, la jument partie.

« Il sera redescendu » pensa-t-il. Puis il se mit à douter. « Si près du campement, il aurait dû nous entendre, percevoir les lueurs des feux et des lampes, même à nuit close. »

Il refit le tour, inspecta le harnais. Le cuir des bricoles avait été tranché ; des entailles maladroites en attestaient, l'avaloire et même le collier d'épaule gisaient au sol.

Le chanoine Humbert se prit alors à regretter de ne pas avoir pris une arme. La chasse était proscrite à l'abbaye de Sixt, mais faire barrage aux nuisibles, aux ours, aux loups et aux lynx, était admis quand il le fallait.

Par prudence, il décida de rester à couvert pour longer le chemin descendant vers la vallée. À cette altitude, les feuillus étaient nombreux. Dépouillés par les pluies de la veille, certains semblaient de fer, rigides et froids. D'autres pleuraient par instants leurs dernières feuilles plus fauves que jaunes. Sur ce lit souple, les pas ne portaient pas. Il alla ainsi jusqu'à un petit belvédère qui surplombait une partie de la vallée.

Dans son dos, le fracas d'une cascade cachée par un épaulement boisé le rassura. Il avança encore. À mesure qu'il découvrait l'anse de la vallée, son front se bourrelait. Une ride, un pli, presque une balafre. Ce que ses yeux ne parvenaient pas à accepter, son front le traduisait en se creusant de plus en plus. Une main en visière, il scruta l'étendue de terre et de pierres.

— Dieu tout-puissant, souffla-t-il, les doigts sur sa petite croix de bois portée à même la peau.

Il s'approcha plus près du précipice, les pieds au bord du vide.

Tout était bouleversé, la ligne de crête n'avait plus de repères. Des pointes émergeaient par instants entre les nuages, preuve que tout ne s'était pas effondré. On reconnaissait aussi les créneaux des Greniers de Commune. À part cela, l'œil passait sans s'arrêter. Partout des monceaux de roche, des amas de terre noire venus du ventre de la montagne, des rochers immenses dressés en forme de belvédères.

Avec son bâton de marche, le chanoine tenta d'estimer la hauteur des éboulements. Il s'y reprit à plusieurs fois, puis finit par renoncer. Des mois, des années seraient nécessaires pour redonner à la vallée ses contours d'avant.

C'est alors qu'il tendit l'oreille. On percevait distinctement la respiration des grandes cascades du cirque. La Plissette en tête, la plus grosse, la plus puissante et, à droite, la Perette, puis la cascade à Joatton dont les eaux brouillaient le silence en vagues successives. Moins perceptibles parce que plus éloignées, on devinait aussi la cascade de Fenestrailles, celle de Folii, de la Contrainte ou des Revands, la plus proche de Tête Noire. Toutes continuaient à couler dans le lointain immobile des roches.

Brusquement Humbert se raidit et se tourna vers la vallée.

« Le Giffre ? »

Il tendit l'oreille, s'efforçant d'isoler les bruits dans ce fouillis de sons entrelacés. Il voulait saisir le silence, le défroisser pour en lire chacun des plis. À un moment, il sembla renoncer, hésita, puis, se retenant aux branches basses d'un épicéa, écouta de nouveau. Pas un son ne montait. Le rugissement habituel des flots avait disparu. Même pas un murmure mouillé comme il s'en produisait l'hiver quand le gel muselait les eaux de surface.

– Une poche d'eau, murmura-t-il à voix basse. Une poche d'eau est en train de se former et va éclater et inonder la vallée tout entière.

Devant l'urgence, il décida de partir pour l'abbaye. Faire sonner les cloches, envoyer tout ce que l'abbaye comptait de chanoines et de convers dans les maisons, alerter les familles, faire donner les cloches dans toutes les chapelles isolées si tant est que cela fût encore possible.

Dieu l'avait désigné pour faire face au destin des hommes, il L'en remercia, promit d'être digne.

La robe relevée pour la tenir hors de la boue, le bâton de marche sous le bras, il partit en courant dans la descente pour rejoindre la vallée. Là-bas, il trouverait bien un passage, une sente, un reste de chemin pour rejoindre l'abbaye.

Une demi-lieue plus loin, une jeune femme vêtue de loques l'appela de loin, à demi couchée dans le fossé. Une main tendue, une voix de mendiante.

— Mon père.

— Pas le temps…

Elle se releva sur un coude.

— Aidez-moi… je suis en sang.

Le chanoine ralentit et lui accorda un regard comme on en adresse un à un animal blessé. Parvenu à sa hauteur, il demanda :

— Que me veux-tu ?

— Je saigne, mon père, aidez-moi !

La jeune femme, dressée à mi-buste, n'avait pas belle figure. Le visage, jeune encore, était maculé de terre et souillé de sang. Sur la peau claire, on devinait des éraflures, des coups, des larmes aussi. Ses habits, pauvres nippes de toile grise, étaient trempés, couverts de terre grise.

— Que t'est-il arrivé, ma fille ?

Elle ravala ses mots. Son menton tremblait comme avant les larmes. Le chanoine pouvait tout entendre. Il s'accroupit.

— Parle, lui dit-il avec la même douceur dans la voix que

celle employée lorsqu'il avait accueilli Angeline et ses enfants.

— Ça s'est passé... pendant l'éboulement. On nous a attaqués... alors qu'on dormait... sous les grands arbres... plus bas sur le chemin.

Ses phrases étaient hachées, ses mots se bousculaient. Agenouillé à son côté, le chanoine l'aida à s'adosser contre la levée de terre, lui nettoya le front et les joues du revers des doigts en lui parlant doucement pour la rassurer :

— Parle sans peur, nous allons t'aider.

— Oui, fit-elle de la tête, reconnaissante qu'on veuille bien l'écouter.

— Avec toi, il y avait qui ? poursuivit le chanoine, attentif.

— Mon mari... mes enfants.

— Et sais-tu qui vous a attaqués ?

— Je les connais pas, j'ai rien vu, on m'a mis un sac sur la tête. Des espieurs de chemin sans doute ou des faux monnoiers,

— Et après ?

La jeune femme baissa les yeux. Puis à bout de forces, à bout de nerfs, pleura ses mots :

— Ils m'ont forcée, mon père... Ils ont occis mon mari et moi ils m'ont forcée.

— Tu es blessée ?

— Oui...

— Où ça ?

— Là, montra-t-elle en posant sa main sur son bas-ventre.

Le chanoine Humbert prit le temps de la réflexion. Dieu l'avait désigné pour réunir les brebis égarées et les ramener vers un lieu de paix. Il en était convaincu désormais. Seule une origine divine pouvait expliquer une telle accumulation de faits. Être soumis à l'adversité, seul, avec pour unique règle celle de saint Augustin et pour seul jugement celui du Tout-Puissant. Malgré les malheurs qui s'accumulaient autour de lui, en dépit des victimes qu'il pressentait, les larmes, le froid et la peur, il se sentait grand, brusquement, comme peut l'être celui élu d'entre les hommes.

– Je vais t'accompagner là-haut, dit-il. Il y a un campement, quelques huttes, de l'eau chaude, du feu, les femmes vont s'occuper de toi.

La jeune femme ne bougea pas. Ni son corps ni ses yeux. Après l'avoir dévisagé un moment, elle accrocha le regard du chanoine.

– Et mes enfants ?

Humbert parut surpris mais se ressaisit vite.

– Je vais m'en occuper, où sont-ils ?

– C'est plus temps de s'en occuper, mon père, ils sont morts aussi, occis à coups de bâtons.

Avec cette habitude qu'ont les gens d'Église de côtoyer la mort, le chanoine se signa rapidement et sembla lever le visage au ciel. Pour remercier, pour se plaindre, pour blâmer ? Personne n'en saurait jamais rien. Mais avec une infinie douceur, il se pencha vers la jeune femme et lui parla à mi-voix. On n'entendait pas ses mots mais, à mesure qu'il les prononçait, elle inclinait la tête en forme d'approbation, semblant accepter son sort et ce qu'il adviendrait demain.

Après un temps passé à lui parler de plus en plus près, il lui prit la main qu'il enveloppa dans la sienne. Il la caressa doucement, de plus en plus lentement. Longtemps ils restèrent ainsi. Lui, psalmodiant des mots d'Église qui parlaient du ciel, des âmes et des mystères de l'infini. Elle, murée dans un silence de pierre.

À un moment, elle se sentit soulevée de terre, portée dans des bras forts qui la soutenaient et l'enveloppaient en même temps. Elle se laissa glisser dans un monde tiède rythmé par le chaloupement des pas. Yeux mi-clos, elle entrevoyait par instants le faîte des arbres, dont les teintes d'automne s'altéraient à mesure que le chemin montait. Plus loin ce furent les futaies, de plus en plus dégarnies et enfin les pointes des épicéas qui harponnaient le ciel pour tirer à eux les nuages.

Au souffle du chanoine, elle comprit que la pente raidissait. D'ordinaire, elle aurait proposé qu'on la laissât marcher, quitte à ce qu'un bras la soutînt dans les passages plus raides. Mais elle y renonça.

Dans une sorte d'abandon d'elle-même, elle se sentait bien. Rares étaient les instants où l'on s'occupait d'elle et plus encore ceux où on lui portait attention. Son mari, bien sûr, était à ses côtés, mais tellement occupé à nourrir la maisonnée qu'elle s'en prenait à douter de ses sentiments, à craindre même qu'ils ne pussent un jour redevenir aussi forts qu'ils l'avaient été avant leur mariage.

À cette évocation, elle imagina son visage ensanglanté. Les cris lui revinrent, les coups sur son visage, sourds et mats comme ceux portés dans un sac de grains, les injures qui volaient. Et puis le silence. À cet instant, son esprit s'obscurcit : elle ne savait plus au juste combien étaient les agresseurs. Il lui semblait avoir entendu plusieurs voix, mais n'en était plus sûre. Au final cela avait-il une importance ? Elle se laissa aller, sentant ses yeux se retourner, se retirer, se fermer avant d'aller s'étourdir dans la verrière du ciel.


— Rambert...

L'appel la ramena à la conscience.

Elle vit un homme arriver à grands pas, une face piquée de son, un front haut comme trois mains, terminé par un bourrelet de cheveux roux qui partaient en tous sens.

— Mon père…

— Rambert de l'aide… Cette femme a été forcée… par des rouliers. Ses enfants sont morts… son mari aussi…

Le chanoine parlait à mots courts. Essoufflé, il l'était assurément, mais ce n'était pas la seule raison de son état. L'émotion, l'excitation de devoir agir, la certitude désormais d'être celui que cette communauté de pauvres gens attendait, le portaient vers ce moment d'exaltation.

Il déposa le corps de la jeune femme sur la plate-forme d'une charrette, où des sacs à paillasse avaient été mis à sécher.

— Cours chercher des femmes.

Le rouquin s'exécuta. Peu familier des mystères féminins, ayant longtemps vécu seul dans un mazot à l'entrée de Sixt, son métier de salpêtrier consistait à racler le salpêtre dans les fonds de cave. Un métier peu ordinaire mais pourtant fort considéré et très bien rémunéré. Son utilité ? Fournir la précieuse matière au grand intendant du duché afin de fabriquer de la poudre à canon. Et les besoins étaient importants en ces temps de menaces et d'insécurité dans le duché de Savoie.

Le rouquin revint, emprunté, accompagné de deux femmes. Il désigna l'une de la main.

— Bernarde, dit-il sans que l'on sût s'il s'agissait de la présenter ou de se débarrasser de la corvée assignée par le chanoine.

Ronde et blanche comme une oie, la femme était sans âge. Ses formes lui conféraient l'illusion de la jeunesse, ses rides attestaient du contraire. Elle s'essuya aussitôt les mains dans ce qui semblait être un tablier noué à la hâte sur ses hanches généreuses. C'est qu'il y avait confusion. Le rouquin n'avait pas su expliquer de quoi il s'agissait et elle en avait naturellement conclu qu'il allait falloir accoucher l'une des arrivantes.

L'autre était moins assurée. Tête baissée, mains jointes sur le devant des cuisses, elle avait un visage osseux et un regard tourné vers l'intérieur. Son apparence ne plaidait pas en sa faveur, ni son corps filiforme dont seules les hanches semblaient amorcer un semblant de rondeur. Il se dégageait pourtant de son attitude soumise quelque chose d'accueillant, de bienveillant comme si cette femme fût en religion sans en porter l'habit.

Constatant que la situation n'était pas celle pressentie, Bernarde prit les choses en main.

– Qu'est-ce qu'elle a ?

Le chanoine s'approcha d'elle, expliqua à mi-voix.

– Ah, fit l'autre, les bras lourds tout d'un coup.

Puis elle ajouta après un instant d'hésitation :

– Qu'elle aurait viré de l'œil que ça m'étonnerait pas.

Les deux femmes s'approchèrent du corps toujours allongé sur la charrette. Ses cheveux étaient collés, son visage marmoréen, ses mains bleuies. Bernarde vit tout cela d'un seul coup d'oeil. Son passé de matrone lui donnait autorité pour tout ce qui touchait au corps des femmes et accessoirement à celui des hommes, principalement pour des affaires d'aiguillette nouée ou de mari peu gaillard au lit.

– Faut la mettre au chaud, ordonna-t-elle.

Comme le chanoine et Rambert s'apprêtaient à prendre le corps, elle les poussa de l'épaule.

– Affaire de femme que cela, apportez-moi plutôt une paillasse propre et de l'eau chaude.

Content d'avoir de quoi s'occuper, le rouquin s'exécuta. Les choses furent prestement organisées. Tandis qu'elles s'occupaient de la jeune femme, la lavaient, la pansaient, la réconfortaient, le chanoine Humbert regroupa quelques hommes autour de lui.

Ce fut là que l'on vit pour la première fois la manifestation de ses ambitions mystiques mais personne n'y prit garde. Il fallait faire vite, secourir autant que l'on pouvait, regrouper les villageois et les conduire ici pour un temps dont personne ne pouvait estimer la durée, enterrer les morts, secourir les mourants et apporter à tous le secours de Dieu et l'espoir de jours meilleurs.

— Et puis…, s'enflamma le chanoine, monté sur une souche d'arbre pour mieux se faire entendre. Et puis, considérez que les épreuves qui nous sont imposées sont la marque de la justice divine. Si vous avez été choisis par Dieu c'est pour éprouver votre foi en Lui et votre croyance en Sa miséricorde.

Les hommes écoutaient, inquiets, prêts à se soumettre pour peu qu'on leur montrât un chemin. La plupart s'étaient découverts, portant ce qu'ils avaient de chapeau plaqué contre leur poitrine comme on le faisait devant une sépulture.

— Vous trois, avec moi, ordonna le chanoine désignant du doigt les hommes les plus proches. Nous allons tenter de rejoindre l'abbaye pour chercher du secours. Armez-vous de pics et de cordes.

Il regarda autour de lui avec des yeux de conquérant. Il se voyait évangélisant des peuplades païennes à qui il portait la bonne parole. S'il avait parfois douté de la règle de saint Augustin, voyant ses frères la bafouer, se vautrer dans le lucre et la luxure, se convertir en faiseurs de pauvres, jouer au cabaret ou fréquenter les ribaudes, c'en était fini. Dieu l'avait désigné, il ramènerait le troupeau vers les terres de Cana.

– Vous autres, reprit-il d'une voix qui allait chercher haut ses accents de certitude, organisez le campement en notre absence. Soyez forts et grands, Dieu vous regarde.

Les hommes étaient inquiets. Bien qu'ignorant cette histoire de forcement dont avait été victime la jeune femme, ils la soupçonnaient. En ce temps-là déjà, c'était un crime de haute justice qui appelait la pendaison pour ceux qui s'en rendaient coupables. Désormais, à la peur de l'éboulement s'ajoutait celle de devoir défendre les siens contre les coureurs de chemins.

# 6

Les hommes s'étaient réunis à l'entrée de la clairière en attendant le chanoine. Le plus grand qui répondait au nom de Valaire avait le visage brûlé sur une joue. Au menton, des poils grisaillés, sur la joue indemne une barbe moussue, mal taillée ou alors au fer de hache. Une tête d'homme fruste, des yeux petits et bruns enfouis sous des sourcils en corniche, une mâchoire plus large que le front. Ce fut lui qui organisa le groupe sans que personne n'y trouvât à redire.

— Toi, ordonna-t-il d'une voix brutale, prends ça !

Et il lança à son voisin une corde toute raide et malhabile à saisir, de l'ortie sans doute. L'autre l'inspecta, avec une moue.

— Il n'y a qu'ça, trancha le barbu, faudra t'y faire.

Personne ne broncha. Il faut dire que l'homme avait de quoi impressionner non par sa taille mais par sa réputation. Son métier, pour autant que c'en fut un, consistait à transporter du sel de contrebande. Et malheur à qui aurait eu l'idée de se mettre en travers de son chemin, le trahir ou oublier de régler son dû. On racontait, sans que personne ne pût l'attester, que dix ans plus tôt il avait démembré deux gapians et jeté leurs restes aux sauvagines, pas très loin d'ici entre Vallorcine et Emosson. Leur tort ? Avoir tenté de le coincer lors de l'une de ses équipées nocturnes.

Le malheur venait du roi de Sardaigne qui n'avait plus aucune retenue avec la gabelle, cet impôt sur le sel honni de tous. Il l'augmentait chaque année avec pour seule idée de remplir un peu plus les caisses du royaume. Et à quatre sols la livre-poids de sel, l'impôt était devenu insupportable.

Alors on fraudait. De véritables convois étaient organisés, de nuit, en toutes saisons, sauf l'hiver quand la neige interdisait le passage des cols. Les hommes portaient jusqu'à quatre-vingts livres de sel, les femmes et les enfants beaucoup moins mais ils participaient quand même, les mulets, les chevaux, les chiens aussi à qui on confectionnait des sacs de poitrail. Normal, après tout, puisque le roi taxait chaque tête, humaine ou animale, à l'identique.

Le barbu leva la main pour demander silence.

– C'est vu ?

D'un même hochement de tête, les autres manifestèrent leur accord. À chacun, Valaire avait distribué un pic de mine, quelques longues perches dont ils se serviraient dans les passages difficiles. Lui tenait une hache à deux fers, utilisée d'ordinaire pour déboiser les futaies, un outil dont il se servait dans les combats d'homme à homme.

Si personne au campement ne savait en détail ce qui s'était passé, la présence de la grosse Bernarde les avait renseignés sur la nature du mal. Une histoire de femme avait murmuré l'un d'eux. Valaire connaissait ces bandes d'écumeurs de chemin pour s'être parfois colleté avec eux. Leur violence et leur mépris de la vie terrorisaient les villageois. Lui, pas.

Le chanoine les rejoignit, l'air absent. Il remerciait Dieu de la mission qu'Il lui avait assignée. Et comme il l'aurait fait pour une messe, il suivait un rituel qui en la circonstance n'existait pas. Alors il improvisait en gestes et en paroles, parlant haut avec des mots que personne ne comprenait.

76

Ils descendirent le chemin jusqu'à la charrette, lui devant, marchant à longues enjambées, eux derrière, surveillant les abords des talus et les profondeurs des sous-bois.

— C'est là, dit le chanoine, parvenu à hauteur de la charrette.

— C'est là quoi, mon père ?

Valaire ne s'embarrassait pas de détails. D'ailleurs, l'aurait-il voulu, qu'il ne l'aurait pu. Pour lui, il n'y avait qu'une direction, celle indiquée de la main ou d'un coup de tête et qu'un seul moyen d'y parvenir, tirer franc droit.

— C'est ici que la jeune femme a abandonné sa charrette, commença à expliquer le chanoine.

— Y a qu'à atteler une paire de bœufs et on la ramène au campement.

— L'ennui, c'est son mari.

— Quoi, son mari ? fit le faux saunier, déjà perdu dans les explications du chanoine.

Pour donner le change, il contourna la charrette, inspecta le timon, les longes, revint sur ses pas, hésitant.

— C'est là qu'on l'a attrapée ? demanda-il inquiet à l'idée de ne pas comprendre l'explication qui allait lui être livrée.

— Qui ça ?

— La femme, par Dieu...

— Non, c'est plus bas, je ne sais pas où... Et ne jurez pas sans arrêt, mon fils.

Valaire sembla s'excuser dans un geste d'à-peu-près et alla s'asseoir sur le timon de la charrette. Ce n'était pas de la mauvaise volonté de sa part. Mais sitôt que deux idées se croisaient, il en perdait le fil. Le début de l'une finissait toujours par effacer la fin de l'autre, donnant aux choses un sens qui n'était jamais le bon. Au moins, un chargement de sel, c'était simple. Quelques centaines de livres, des hommes et des bêtes pour les porter et des gabelous pour les en empêcher. Charge à lui de ramener ses sacs là où on le lui avait demandé. Il se savait faible dans la réflexion mais malin dans l'action, c'était ce qui lui donnait confiance. Il s'apprêtait à se relever quand un détail du timon attira son regard.

— Y avait un cheval ?

— Oui… une jument, confirma le chanoine.

— Ben, celui qui a fait ça, il savait s'y prendre.

— Qu'est-ce qui te fait dire ça ? questionna Humbert.

— Regardez, fit Valaire le pouce sur les longes de cuir, elles ont été tranchées net.

— Et alors ?

— Alors… c'était pour en faire des rênes.

— Tu crois ?

— Sûr. Celui qui a pris le cheval, il doit être loin à cette heure. Sur la Bible que j'vous le dis, mon père, sur la Bible.

Le chanoine Humbert parut troublé. Son regard vide balayait le chemin et les lointains brumeux de la vallée. Un brouillard de terre courait encore dans les sous-bois mais, plus bas, on sentait une lumière pâle sur le point de percer.

— De toute manière, commença le chanoine, il ne pourra pas s'échapper, c'est effondré de partout.

— Des passages, y en a toujours, c'est forcé, poursuivit Valaire, mais le chanoine ne l'écoutait déjà plus.


Quand les quatre hommes parvinrent au pied des premiers éboulements, leur souffle était court. La pente et l'allure y étaient pour quelque chose, mais il y avait aussi cette poussière qui commençait à sécher. Une poussière farineuse. Arbres, bosquets, futaies, tout en était recouvert quand ils n'étaient pas broyés ou ensevelis. Et partout, des amas de rochers, certains en équilibre, d'autres portés par des cheminées de terre.

D'un coup, les hommes se sentirent faibles devant une telle désolation. Valaire humait l'air à petites goulées, c'était tout ce qu'il pouvait faire. Il avait relevé ses manches d'une sorte de pourpoint qu'il portait à même la peau, à la fois chemise et surcot. Plus réservés, les deux autres étaient en retrait, les yeux aimantés par cette montagne de terre qui désormais barrait l'horizon sur toute la largeur de la vallée.

Le chanoine Humbert était immobile, gestes et regard figés, digne jusqu'à la gravité.

— Grandiose, finit-il par dire au bout d'un moment. Il faut que Dieu nous aime pour nous montrer ainsi l'enfer et nous laisser le choix d'être des hommes parmi les hommes.

Les autres n'écoutèrent pas. Bien qu'habitués aux avalanches, ils étaient là devant l'inconnu. Il y avait une part de superstition dans cette appréhension qu'ils ressentaient face à une telle immensité grisâtre, inerte, minérale et dure. Et puis il y avait, aussi, l'angoisse d'avoir perdu leurs maigres affaires : réserve de grains, acte de propriété, livre de piété et vêtements de mariage et de deuil.

— Nu devant l'Éternel, ruminait le chanoine Humbert.

Le malheur ne le réjouissait pas, ne l'affligeait pas non plus. Pour tout dire, il l'indifférait comme il en était de ces pierres et de cette terre amoncelée. Il détaillait la colère de Dieu, se sentant fort soudain de ce qu'il n'avait pas été durant des années. Lui revenaient tous ces manquements, ces faiblesses quand il aurait fallu condamner, ordonner des pénitences, exclure ou infliger la flagellation. Trois fouets étaient pourtant prévus à cet effet, accrochés au mur du revestuaire : un pour les moines fautifs, l'autre pour les voleurs et le dernier pour les étrangers malintentionnés. Ils n'avaient pas quitté leur clou depuis des années.

Valaire, lui, reniflait. Une main sous le ceinturon, il se mouchait de temps à autre, le pouce sur une narine. Puis toussait, crachait, reniflait encore. C'était sa manière à lui de réfléchir.

En découvrant la crête, sa moue se figea.

— Les roches sont pas toutes tombées, dit-il, il en reste beaucoup en bascule par là-haut.

Les autres confirmèrent d'un même hochement de tête.

L'un était berger aux communs de la Vogeale. Son quotidien, c'était le versant d'en face. À une coudée près, il aurait pu dessiner tous les créneaux, les dents, les cheminées, les ressauts et les vires qui écorchaient le ciel depuis toujours. Cette fois, tout était raboté.

La main en auvent au-dessus des yeux, l'autre n'en démordait pas : tout n'avait pu partir du même endroit. Comme beaucoup ici, ils avaient assisté aux montées brutales d'eaux torrentielles, aux coulées de boues, aux éboulements aussi. Mais cette fois, cela dépassait ce qu'il pouvait admettre.

Le chanoine ne lui laissa pas le temps d'en détailler davantage. Le sourcil cabré, il décréta, indiquant ainsi la direction à prendre :

— C'est par là qu'il faut passer.

Sans raison, il précipitait les choses comme si l'imminence d'un danger l'y eût forcé. Sitôt ces mots prononcés, il attaqua la pente, à l'aide de son bâton de marche. Ses semelles n'étaient pas sûres, alors il entreprit de creuser des semblants de marche, du bout du pied d'abord, puis avec la pointe de son bâton. Il réussit ainsi à s'élever de deux toises à peine, s'équilibrant comme il le pouvait des mains, des reins et des épaules.

Il s'apprêtait à tailler une nouvelle marche quand son pied céda. D'instinct, il creusa les reins, écarta les bras. Ni la terre ni la pierraille ne pouvaient l'aider à se rétablir, il le savait. Mais il savait aussi que, en se collant à la pente, il limiterait les effets de la chute. Il se recroquevilla, rentra la tête, monta les épaules. Le choc qu'il attendait ne se produisit pas.

Valaire l'attrapa au passage par un pan de sa robe et accompagna sa chute jusqu'au bas de la pente.

— C'est que d'la pouillerie là-dessous, mon père, grogna Valaire, ça branle de partout.

Comme le chanoine ne répondait pas, il gratta le sol du bout du pied.

— Regardez…

Le chanoine daigna tourner la tête. La terre toute hérissée d'écailles s'effritait. De loin en loin, des rochers jaillissaient, auxquels personne n'aurait osé s'accrocher et moins encore prendre appui.

Le chanoine se releva et brava le regard des autres.

Son visage avait changé. La bonté de la nuit avait fait place à une force orgueilleuse. Ses yeux la nourrissaient, ses lèvres en creusaient le lit, prêtes à livrer combat si d'aventure on tentait de le contredire.

— Nous passerons, décréta-t-il, en fichant en terre la pointe ferrée de son bâton.

— Et comment qu'on s'y prend ? ricana le faux saunier.

— En taillant des échelles.

— Des échelles avec quoi ? s'emporta Valaire. Il y a plus rien de bois, ici.

— Et là-haut ?

C'était vrai, sur les hauteurs, les futaies étaient intactes, rousses, fauves ou déjà brunes, mais vierges de cette poussière grise qui étouffait tout. Encore fallait-il s'y rendre,

abattre les baliveaux, les tailler, les assembler et les transporter jusqu'ici. Et dans quel but ? Franchir cet obstacle,
première défense d'une ligne de front qui s'étageait peut-être
sur plusieurs lieues.

Bras ballants, les hommes restaient indécis. Que fallait-il
faire ? Se soumettre à la volonté du chanoine, comme il était
dans l'ordre des choses de le faire, ou se rebeller, refuser,
chercher un autre passage et tenter de retrouver leurs maisons, y prendre ce qu'il était encore possible, du grain, de
la farine, des couvertures, des marmites. Sauver les bêtes
aussi, celles épargnées par l'éboulement, et saigner les autres,
mortes ou blessées, pour rapporter quelques quartiers de
viande fraîche en attendant mieux. De quoi vivre.

Les hommes s'inquiétaient, Humbert organisait. Des
plans, des stratégies, des conquêtes. Tout se précipitait dans
sa tête et, avec ce flux d'ambitions nouvelles, il se prenait à
rêver d'un prieuré isolé en forêt, d'une abbaye nouvelle
coupée des hommes et tout entière tournée vers Dieu. Alors
reviendrait le temps des forêts à abattre, des terres à défricher, des sols à labourer ; on fabriquerait des araires ou des
houes comme jadis. Dieu les regarderait, apprécierait et
bénirait son monde de toute Sa miséricorde.

— Valaire ! hurla-t-il brusquement.

L'autre sursauta.

— Mon père ?

— As-tu tes cordes ?

— Oui, deux, dit-il en les tendant.

— Bien bien, fit le chanoine visiblement rassuré que les
moyens s'accordent à ses projets.

Il réfléchit puis décida :

— Vous allez monter dans les futaies tailler des baliveaux,
longs et solides, pas moins de deux toises. Et des plus petits,
de deux ou trois coudées.

— Pour en faire quoi ? demanda Valaire, surpris de tant de précision.

— On va les assembler pour faire un passage, une sorte d'immense échelle à plusieurs voies ; on la laissera en place pour tout l'hiver.

— Mais va falloir des jours entiers...

— Et alors, tu crains la besogne ?

La remarque était cinglante. Le faux saunier ravala sa salive et ses mots avec. S'en prendre à un homme d'Église ou blasphémer en sa présence n'était pas sans conséquence. Tous les six mois, en place publique, dans les grandes villes du duché, on punissait au nom de Dieu pour moins que cela. Et, il n'y avait pas si longtemps encore, le bourreau tranchait les langues quand les mots prononcés avaient été jugés infamant pour le Tout-Puissant.

Valaire revint donc à l'essentiel :

— Et où est-ce qu'on abat, mon père ?

Le chanoine indiqua la pente et les bosquets touffus qui la coiffaient. Déjà, il pensait à autre chose, envisageait plus grand pour peu que la force lui soit donnée de mener à terme son épopée.


Quand l'un des hommes revint quelques minutes plus tard, le chanoine ne s'en aperçut même pas, occupé qu'il était à évaluer ses besoins en bois. À l'aide de son bâton, il était en train de tracer au sol de longs rectangles hachurés de traits, des barreaux d'échelles apparemment, qu'il prévoyait de fixer toutes les deux ou trois coudées.

— Mon père...

Le chanoine garda les yeux au sol, absorbé dans ces mesures. Sa main se leva pour imposer le silence, autoritaire, prête à admonester celui qui le dérangerait dans ses calculs. C'est alors qu'il découvrit l'homme qui lui faisait face. Un visage de pauvre diable, une mine défaite. Il lançait ses yeux à droite, à gauche, semblant vouloir cacher son regard ou plutôt ne rien voir.

— Mon père...

D'un coup de menton, il tenta d'attirer l'attention du chanoine. Et brusquement sa voix se fit aiguë et implorante.

— Mon père, là-haut y a deux autres corps sous les futaies... pareils à celui-là.

Le chanoine se raidit, puis s'approcha mains tendues pour décharger l'homme de son fardeau macabre. C'était un enfant dont on avait tenté de faire brûler le corps. Son visage avait encore une expression humaine. La bouche ouverte semblait dire sa surprise d'avoir si peu vécu. Ses yeux regardaient le ciel, recouverts déjà de ce regard distant qu'ont les défunts quand ils ont été laissés à leur sort, sans personne pour les aider à bien mourir.

Le chanoine était tête nue, visage offert au ciel. D'un mouvement d'épaules, il replaça son capuce sur son crâne et, avec une infinie lenteur, s'agenouilla, l'enfant toujours dans les bras. Il déplia son sac et lui en fit un linceul, couvrant tour à tour chaque côté du corps. Bien modeste étoffe pour l'accueillir mais acte d'humanité qui s'accommodait de l'urgence, sans rien préjuger de ce qu'il faudrait faire ensuite.

Une fois le petit corps enveloppé, si tant est qu'on le pût avec si peu de toile, le chanoine lui posa la main sur le front. On l'aurait dit au chevet d'un malade, le rassurant, lui parlant avec les doigts. Il ne semblait pas faire de différence entre morts et vivants. Son geste était lent, attentif, caressant.

84

Quand sa main parvint à hauteur des yeux, ses doigts s'ouvrirent, son pouce et son index s'écartèrent avant de s'arrêter sur les petites paupières, les effleurèrent et les fermèrent, apportant ainsi à ce regard la paix qui lui avait été refusée. Tout cela se fit à huis clos, dans une surprenante proximité entre l'homme d'Église et la mort.

À distance de là, l'homme à la tignasse couleur jaune paille n'avait pas bougé. On sentait bien qu'il hésitait à parler ou à s'approcher, mais il restait prostré dans l'attente d'un geste ou d'un ordre du chanoine.

Quand celui-ci lui fit signe de le suivre, il retrouva un semblant de vie.

— Mon père, y en a encore deux autres par là-haut.

— Oui j'ai entendu, le rassura le chanoine. Ce sont sans doute les deux enfants de la femme que j'ai conduite au campement.

— Non, y a un corps plus grand, intervint l'homme, obséquieux pour la circonstance.

— C'est son mari.

— Ah, fit l'autre, surpris que le chanoine sût déjà tout de ce drame.

Sans plus s'interroger, il mit cela au compte du savoir de l'homme d'Église qui devait par son ministère fréquenter le réel autant que l'au-delà.

Et il lui emboîta le pas. Ses enjambées étaient celles d'un marcheur habitué au rythme et à la pente. Il allait balançant les bras à contretemps des jambes pour équilibrer ses mouvements.

Quelques minutes à peine furent nécessaires pour rejoindre Valaire à mi-coteau, occupé à défricher une place entre les arbres. Sur ce versant, seule un peu de poussière était venue griser les dernières feuilles rousses de l'automne. On les aurait dites poudrées d'un givre gris, presque noir par instants. Dans l'herbe, un peu en contrebas, gisaient les corps. Quand le chanoine voulut s'en approcher, Valaire le retint :

— Mon père, vaut mieux pas...

— Laisse, fit le chanoine la main tendue pour le repousser.

Il n'y avait rien d'autoritaire dans ce geste, seulement la certitude qu'il lui revenait, à lui seul, d'accompagner les morts ou les mourants pour leur entrée dans le royaume de Dieu. Il s'agenouilla devant les corps, déposa à leur côté celui qu'il portait dans ses bras, et officia dans un silence de début du monde. Personne ne bougeait : ni geste ni parole. Il y avait dans cet instant la certitude qu'Humbert savait parler à Dieu. Et lui en était convaincu plus que quiconque.

Ensuite, le chanoine fit ce qu'il put pour cette toilette des corps et des âmes.

Même si pour lui les circonstances étaient exceptionnelles, il enchaînait les gestes et les paroles comme au lit d'un mourant. Il s'attacha à envelopper les enfants dans ce qu'il leur restait d'habits, leur fit un coussin de feuilles pour le leur glisser sous la tête. Ses mains semblaient légères, caressantes, comme s'il lui avait fallu donner en une seule fois tout cet amour dont les petits seraient désormais privés. Quelques bouts d'étoffe couleur de terre firent l'affaire pour les envelopper. Pour leur voiler le visage, il déchira ce qui semblait être son mouchoir. Il en fit deux bandeaux. Et les déposa un à un sur les petits visages endormis, à hauteur des yeux.

Pour le père, ce fut pareil, avec quelques paroles en plus comme une promesse de ne pas laisser le crime impuni.

Puis le chanoine se releva. Pas un pli de haine sur son visage. Pas un soupçon de vengeance. Ses mains terreuses étaient là, pendues au bout de ses bras, inutiles maintenant. Il aurait pu s'en servir pour menacer, prendre les cieux à témoin des comptes qu'il allait demander aux coupables. Il n'en fit rien. Immobile face au ciel, il se contenta de dire d'une voix pénible à entendre :

— Dieu est témoin, Dieu jugera et punira.

Puis il demanda de l'aide aux hommes pour creuser une grande fosse. Avec les pics pour seuls outils, les choses se présentaient mal. Même si Valaire avait déjà bien entamé le travail, il fallait désormais attaquer la terre.

Le chanoine recommanda de tailler des pieux. Ce qui fut fait. De creuser un trou ; les hommes s'exécutèrent. De l'assister pour ensevelir. Pour ce faire, il exigea qu'on l'aidât à descendre dans la fosse. Qu'on lui tendît les corps un à un. Les hommes se plièrent à ses demandes. En ces circonstances, pas un n'aurait osé s'opposer au chanoine. Il semblait tellement sûr de ses gestes et déterminé dans ses décisions.

Quand les corps furent couchés, le père au centre, ses deux enfants à ses côtés, il leur croisa les mains sur la poitrine, s'assurant que leurs bras se touchaient bien. Même dans la mort, il les voulait unis comme cela aurait dû être durant la vie. Après, il les recouvrit de feuilles sèches, puis de branches. Et lorsque ce linceul lui parut suffisant, il donna l'ordre aux hommes de repousser la terre.

Tout le temps que dura l'ensevelissement, il resta sur le bord de la fosse, les mains jointes, les lèvres en mouvement. Étonnamment, il ne récita pas la prière des morts et s'en tint à des psaumes murmurés à faible voix. Quand il jugea la cérémonie terminée, il se redressa. Un corps immense, noué aux mains et au visage. Des yeux qui revenaient d'ailleurs. Et une voix sourde pour s'adresser aux hommes.

— Ce que vous venez de faire, commença-t-il d'une voix autoritaire, ce que vous venez de faire n'a jamais eu lieu.

— Comment ça ? coupa Valaire.

À la vue de la main levée du chanoine, il ravala ses mots.

— Dieu vous demande d'oublier ce drame, poursuivit Humbert, ainsi vous n'ajouterez pas de tourment à la peine.

— Mais…, tenta de dire le faux saunier.

— L'éboulement a déjà beaucoup endeuillé notre vallée. La peur ne doit pas venir voiler les larmes. Il en va du salut des âmes de toutes ces victimes.

Humbert savait les mots à dire. Valaire se tut, les dents serrées. Pour lui, les choses ne pouvaient se concevoir ainsi. Il était chrétien par obligation et croyant par soumission. S'il respectait les lois religieuses d'ici, il savait qu'elles n'étaient pas uniques. De part et d'autre des vallées, les prières n'étaient pas les mêmes, les rites non plus. Quant aux sacrements, chaque chapelle avait les siens. Certains hérités des temps anciens, quand chaque chose de ce monde avait une origine sacrée et une dimension divine.

Les montagnes elles-mêmes appartenaient à ce monde mystérieux. Là-haut dans les neiges profondes, on entrait dans le royaume du froid, des âmes torturées et des morts égarés. Ne disait-on pas que les sommets étaient le refuge des âmes perdues ? Suicidés, pendus et enfants mort-nés y erraient pour l'éternité.

Valaire lui n'en avait cure. Il savait certains sommets infranchissables uniquement parce qu'il y faisait trop froid et que l'on s'enfonçait à mi-cuisse dans la neige. Il savait aussi qu'il n'y avait pas de risques à s'y réfugier si d'aventure un convoi de sel tournait mal. Jamais les gafians n'y allaient. Ordre des autorités du duché de Savoie mais aussi peur de l'inconnu.

Il écouta avec un respect d'apparence les mots du chanoine. Promit aussi, s'engagea sur la sainte Bible à ne rien dire, répétant mot à mot après le chanoine les conséquences d'un parjure si, par extraordinaire, il trahissait.

Quand tout fut dit, les hommes réunirent leurs outils et reprirent le chemin du campement. Ce qu'ils ne savaient pas c'est que, depuis leur arrivée sous les futaies, on n'avait cessé de les observer. Même Valaire ne s'en était pas aperçu.

# 7

En leur absence, le campement s'était organisé. Plusieurs familles l'avaient rejoint à la vue des fumées et l'on s'était arrangé entre gens des mêmes hameaux. Contre quelques deniers, on avait acheté un seillon de fèves ou un quart de blé, de quoi préparer un peu de bouillie, de seigle ou d'avoine, cela importait peu.

Ici on échangeait des œufs, là-bas du sérac fumé. Les mieux organisés étaient arrivés avec sacs et victuailles ; ils en tireraient quelques pièces de monnaie blanche en attendant mieux. Les autres, les pauvres ou les imprévoyants, rôdaient, désœuvrés, en limite des cahutes, flairant de loin les marmites mises au feu, espérant une écuellée de soupe.

Les hommes ne cessaient d'aller aux nouvelles, chaque fois qu'un attelage ou une famille arrivait. À l'annonce des évènements, les visages s'allongeaient. Au seul village de Nant-Bride, tout avait été ravagé. Fermes, mazots, granges et dépendances, rien n'avait résisté. Quelques amas de bois çà et là. Des poutres, des restes de vie pour porter témoignage qu'ici s'élevait un hameau la veille encore.

Pire encore, dans les méandres du Giffre vers Le Brairet et Le Molliet, des corps flottaient dans des bras morts, rejetés par les eaux noires du torrent.

— Combien t'en as vus ? demanda Valaire qui s'était approché du groupe d'hommes.

Celui qui parlait fut surpris d'être apostrophé ainsi. Il aimait se griser de mots et parler haut. Devant l'intérêt suscité par ses propos, il ne voulut pas perdre son effet. Un à un, il déplia ses doigts pour être sûr de bien se faire comprendre.

— Au moins cinq.

— Où ça ?

— Plus bas vers Le Brairet.

— T'es allé voir ?

— Non…

— Alors de quoi tu parles ?

L'autre se mit à respirer fort. Il n'aimait pas être interrompu de la sorte et encore moins en public. Voici quelques années, il avait été syndic de Sixt, le village plus bas dans la vallée, et n'entendait pas que l'on malmenât ainsi son autorité.

— Ce que j'ai vu… je l'ai vu.

— D'où ça que t'en as vu, j'en viens de là-bas, et nous on n'a rien vu. De la roche et de la terre oui, y en a des monceaux partout, mais des corps, y en a point.

Valaire faisait de gros efforts pour rester calme. Le chanoine leur avait dit d'oublier les corps, de faire comme s'ils n'avaient rien vu, il ne fallait donc pas en parler. Ni de ceux-ci ni de ceux-là.

L'ancien syndic revint pourtant à la charge.

— Ils sont gonflés pareils à des outres, les bras et les jambes écartés, à flotter sur le dos dans les eaux mortes.

Les détails impressionnaient. Les femmes s'étaient rapprochées, la main crispée sur la poitrine, inquiètes et curieuses à la fois. Pour finir de convaincre son monde, l'ancien syndic se hissa sur un tonneau.

— Faut les secourir, les ensevelir avant que les miasmes n'arrivent jusqu'ici…

92

Valaire ne lui laissa pas le temps de finir. D'un coup de talon, il envoya valdinguer le tonneau dont les douelles se brisèrent et agrippa l'autre au collet :

— Arrête ça tout de suite...

Un peu rond de ventre et lourd d'épaules, le syndic parut surpris de tant de détermination. Bouche ouverte, les paupières battant l'air, il essaya de se faire entendre quand même. Peine perdue.

Valaire s'était mis à lui serrer des deux côtés du cou, un pouce déjà profondément enfoncé dans les chairs. À peine si un filet d'air parvenait à passer.

— Y a pas de corps dans le Giffre, tu m'as compris ?

L'autre fit oui de la tête, du moins essaya. Privées de sang, ses lèvres bâillaient pareilles à des ouïes de poisson. Ses yeux roulaient à la recherche d'un peu de sang, d'un répit, d'un geste de clémence.

C'est là que l'on vit Valaire dans toute sa dimension d'homme fruste. Il serrait, sans un regard pour sa victime, comme il l'avait sans doute fait avec les gapians le jour où il les avait dépecés. Étonnamment personne ne se mêlait de l'altercation, comme s'il fût acquis que l'un pouvait cogner et l'autre subir.

Sans l'arrivée du chanoine, l'ancien syndic aurait viré de l'œil. Quand il vit l'attroupement, Humbert allongea le pas. Les femmes s'écartèrent, le regard frileux brusquement, les hommes aussi, fautifs, gênés d'avoir été lâches. Ils regardaient ailleurs, comme si ce fût là que c'était déroulé la bagarre.

Humbert se figea et sans un geste, ordonna :

— Valaire, arrête !

L'autre appuya encore davantage son geste. On l'aurait cru lavant son linge au lavoir, les bras bien calés, le cou du syndic entre les mains. Le chanoine lui posa alors le bras sur l'épaule.

— Valaire, insista-t-il sur un ton moins comminatoire.

Le contrebandier leva les yeux et cracha comme une évidence :

— Il dit qu'il a vu des corps dans des bras morts, plus bas. Mais y a pas de corps, hein, mon père, c'est bien ce que vous nous avez dit ?

— C'est vrai, confirma le chanoine, on n'a vu personne par en bas.

Il n'en fallut pas davantage au contrebandier pour relâcher son étreinte. L'autre avait le visage rouge brique, l'œil blanc, la bouche amère. Se relevant, il se passa la manche sur les lèvres et, cherchant son équilibre, les bras flottants, se tourna vers Valaire.

— On m'l'avait bien dit…

— Quoi donc ?

— Que tu vaux rien.

Valaire eut un sursaut.

— En tout cas pas plus que tes ancêtres, des gens de rien, des gens même pas d'ici.

Le contrebandier fit un geste en direction du syndic, prêt à le rosser une nouvelle fois, quand la main du chanoine l'arrêta :

— Laisse, mon fils.

De façon surprenante, le contrebandier se rangea à l'injonction du chanoine. Lui qui d'ordinaire n'entendait rien à la raison, ni à la persuasion, semblait subitement accorder une étonnante confiance à l'homme en robe. Même s'il disait avoir reçu le baptême des chiens perdus, il se rendit sans discuter aux décisions du chanoine. Celui-ci le perça du regard avec une étonnante attention, se redressa comme pour un sermon et lança à l'adresse de ceux qui faisaient cercle autour d'eux :

— Valaire est courageux comme beaucoup d'autres ici. Peu importe qu'il soit d'ici ou non. D'ailleurs, que savons-nous de ses ancêtres, les hommes de Hans, que sait-il lui même de ceux qui vivaient là-haut aux confins du col de la Golèse et des sources du Clévieu ? Qu'ils étaient venus du nord il y a bien longtemps, qu'ils ne vivaient pas comme nous. Ils étaient chrétiens pourtant, c'est cela l'essentiel ; leurs lieux de culte en témoignent, leurs chapelles aussi. Pour le reste, ce sont des hommes comme nous, et si Valaire est l'un d'eux, acceptez-le comme tel.

L'ancien syndic aurait bien aimé répliquer, mais il n'en avait ni la force ni la voix. Les deux mains autour du cou, il laissait aller sa tête de droite à gauche pour signifier son refus d'entendre. Mouvement bien insuffisant pour attirer les regards et convaincre.

Qu'aurait-il dit d'ailleurs de ces hommes puisque l'on ne savait rien d'eux ? Des pasteurs, des éleveurs, quelques bûcherons vivant aux confins des hautes terres de Samoëns et du col de Cou. Des hommes qui ne se mêlaient pas aux autres. Leur territoire fait de prés, de bois et de futaies, s'étendait des Engollons à la Ronzière et filait plein nord jusqu'au col de Cou. Ils avaient pour patronymes : Ducis, Metyat, Mamas, Manchet, Rosset, Bertini, Andini, Daginda. Des noms dont les consonances différaient de celles d'ici. Un jour, les moines de Saint-Jean-d'Aulps les avaient recensés pour leur confier à gages des alpages délaissés par les autres paysans. C'est ainsi qu'on avait conservé leurs traces. Belliqueux, procéduriers, querelleurs, on les redoutait, ces hommes de Hans, comme on les appelait alors, princi-palement parce qu'ils n'étaient pas comme les autres. Qui venait faire paître ses bêtes sur leurs terres sans leur accord s'en souvenait. Qui les défiait ne le faisait pas sans risque.

Ils avaient construit de leurs mains un village comme bon leur semblait, avec leurs savoirs et leurs coutumes hérités des anciens Germains. C'était dans une combe protégée du vent du nord par une immense levée de terre. Ils vécurent là plusieurs siècles, entre eux, commerçant peu, quittant rarement leurs hauts pâturages, enterrant leurs morts et baptisant les nouveau-nés à leur manière, selon leurs rites et leurs coutumes.

Et puis un jour, tous disparurent. À partir de 1435, leurs noms furent effacés des relevés cadastrés et ne figurèrent plus dans le registre des communiers des Sept-Montagnes. Les documents postérieurs ne parlaient plus d'eux, les testaments étaient muets, les relevés de baptême vierges de toute référence à leur histoire.

Personne ne put apporter d'explication à cette disparition. On pensa un temps qu'ils avaient abandonné leurs hautes terres inhospitalières pour transporter leurs foyers dans d'autres villages alentour, plus bas sur le coteau, mieux abrités du froid, moins enneigés, ou plus proches, comme les Alamands ou la Ronzière. Une chapelle originale dans sa conception, ou des lieux de culte l'attestaient, disait-on.

D'autres, au contraire, penchèrent pour une catastrophe. Sur cette vaste étendue de pâturages aux herbes riches, le terrain était onduleux, plissé, coupé de filets d'eau et de marne grise, une terre solide en apparence mais toute craquelée de cavités intérieures. S'ajoutait à cela la consistance des roches de profondeur, des schistes pour l'essentiel, avec çà et là des filons de gypse. Deux roches sensibles au ravinement des eaux et se laissant aisément infiltrer en silence. Cela dura peut-être des siècles, une éternité.

Jusqu'au jour où un effondrement souterrain se produisit, entraînant en surface des dégâts considérables. Une partie de la montagne s'était peut-être effondrée, effaçant du même coup l'existence d'un peuple dont on ne savait pas grand-chose. Si ce n'était qu'il avait vécu là et disparu dans le silence et l'ignorance de ses voisins.

Valaire, lui, assumait sans peine ses origines, si tant est qu'elles fussent vraies d'ailleurs. Le regard en surplomb, il ne cessait de dévisager l'ancien syndic, prêt à lui faire ravaler son fiel si l'envie lui reprenait de le contredire. Cela ne fut pas nécessaire. D'un geste ample, le chanoine Humbert fit signe au petit groupe de s'approcher et demanda au faux saunier de faire venir les autres. Ils arrivèrent par groupes, s'attendant au pire, espérant néanmoins la clémence divine.

Quand un cercle se fut formé, le chanoine se hissa sur la pointe des pieds pour estimer son auditoire. Plus il comptait, plus son front se creusait. Un simple pli d'abord, puis de plus en plus de lignes pareilles à des nervures. Ils étaient déjà trente-cinq agglutinés autour de lui, sans parler de la femme agressée, ni du mari d'Angeline Charmoz qui finirait bien par arriver avec des vivres sans doute, ou du bétail.

Car c'était bien là l'essentiel de son souci. Comment organiser la vie de tant de personnes, démunies, bientôt affamées, peut-être malades pour certaines ou affaiblies du corps et meurtries à l'âme ? L'importance de la tâche lui semblait pourtant à sa mesure. Dieu l'avait choisi, il saurait répondre. Et s'il fallait tenir tout un hiver, il s'y sentait prêt. Plus longtemps encore, il n'osait l'espérer mais en rêvait en secret.

Une communauté d'hommes et de femmes soumis aux lois du Seigneur avec pour unique principe celui de Dieu et pour seul avenir le servir, en dépit des difficultés et de l'adversité. Comme aux premiers temps des ordres monastiques.

Le chanoine ne se résolut pourtant pas à tout dire. Trop d'inquiétudes engluaient encore les âmes. Alors, avec cette hauteur de voix dont il avait le secret, il commença à parler, doucement, lentement, comme si sa voix était là pour apaiser les âmes avant de toucher les cœurs.

— Ce que Dieu a défait, Il le reconstruira. Ce que Dieu vous a pris, Il vous le rendra. Ce qui nous arrive est la volonté de Jésus-Christ notre Seigneur pour punir nos faiblesses et élever les âmes faibles. Je suis là pour vous conduire...

— Où ça ? s'égosilla l'ancien syndic.

— Sur la voie de la rédemption. Par le travail, la foi et la prière.

L'ancien syndic s'étouffa en faisant non de la tête. Impuissant, il se résolut à agiter la main en signe de dénégation. Valaire, lui aussi, aurait bien aimé parler. Les affaires d'Église ne le concernaient que de loin, même si en apparence il respectait le carême, les jeûnes, les messes et les rogations. Pour lui, l'essentiel n'était pas là. Sitôt des hommes réunis, ils savaient les querelles et les jalousies inévitables. Et l'occasion de mener ses affaires à sa manière, sans personne pour le contredire ni l'en empêcher, se présentait. Il suffisait d'être convaincant, et cela, il savait faire.

Quand le chanoine reprit la parole, il se garda bien de l'interrompre. L'homme d'Église parla de semaines, peut-être de mois, à rester là dans cette clairière à survivre, en attendant d'hypothétiques secours. D'autres villages étaient sans doute comme eux, coupés du monde, l'abbaye avait peut-être été emportée par les eaux du Giffre. La plupart de ses phrases n'étaient que des suppositions, mais il les amenait de telle manière qu'elles finissaient par se nourrir de ses propres mots et au final devenir des certitudes.

Valaire écoutait, impatient. Les femmes piétinaient aussi, d'une jambe sur l'autre, un enfant endormi sur la hanche et d'autres accrochés à leur robe, les pieds dans la boue et la morve au nez. Le chanoine parlait de l'âme, de la toute-puissance de Dieu et de la Sainte Croix. Elles, elles pensaient aux marmites à remplir, aux paillasses humides et au froid qui menaçait. À un moment, l'une d'elles perdit patience et leva la main pour demander la parole.

D'un geste grave, le chanoine la ramena au rang d'humain, lui signifiant du regard que sa condition ne lui appartenait plus, que seul Dieu pouvait disposer de leur existence et de leur avenir.

Valaire patientait, attendant son heure, son chapeau en forme de cloche rabattu sur les yeux. Les mots d'Église glissaient sur lui. Ce n'était pas qu'il les méprisait, mais, à part la peur qu'ils étaient censés susciter, il n'en comprenait ni le sens ni la portée.

— Il va falloir s'organiser, poursuivit le chanoine, ici nous pourrons vivre pour peu que nous nous en donnions la peine. Du bois, des arbres, de l'eau, nous allons remettre nos pas dans ceux de nos ancêtres défricheurs.

Valaire ne put maîtriser plus longtemps son sang. Bousculant ses voisins pour s'installer au milieu du cercle, il fit mine de demander au chanoine l'autorisation de parler. Un simple geste de roublardise, car il commença sans attendre la réponse :

— Vivre ici, c'est possible, le père a raison, faut seulement s'organiser.

Sa phrase prononcée, le contrebandier commença à se sentir un peu court dans son explication. Il savait ce qu'il voulait dire mais les mots ne lui venaient pas, et du coup ses idées piétinaient. À moins que ce ne fût l'inverse. Alors, à sa manière, il se sortit de l'ornière.

— Toi, par exemple, dit-il à celui qui lui faisait face, tu vas t'occuper des bêtes, celles sauvées et celles qu'on va trouver.

— Ça me va, acquiesça l'homme, un gars tout en dents venu du Molliet un peu plus bas.

— Toi, tu vas t'occuper de l'eau, va falloir faire vite et trouver une source parce que ça va geler tôt par ici.

— Et les cabanes ? s'impatienta la même femme que tout à l'heure.

Quatre enfants morveux à ses côtés semblaient attendre la réponse avec la même urgence qu'elle.

— T'as raison, faut faire vite...

Avec la même autorité, Valaire choisit cinq hommes, certains connus pour leur aisance à la hache, d'autres forestiers d'occasion ou charpentiers l'automne après la fenaison, tous feraient l'affaire. Parmi eux figurait Berthod, l'homme qui avait failli mourir enseveli dans le four à pain.

— Toi, je t'ai déjà vu à l'ouvrage avec des charrois, lui dit Valaire, t'en seras responsable. Choisis tes bêtes pendant qu'elles sont encore de force.

À son côté, sa femme souriait, fière que son mari fût désigné, rassurée aussi que le campement ne restât pas en l'état comme elle l'avait craint toute la journée.

Se retournant, Valaire apostropha Rambert. Le rouquin fut surpris.

— Moi ?

— Oui, toi. Avec ta force, tu peux abattre la besogne de trois.

L'homme au bourrelet de cheveux rebelle se rengorgea. Il n'était pas dans les habitudes des gens d'ici de flatter leurs semblables, au contraire. Alors qu'un homme, d'origine

100

incertaine de surcroît, le considérât comme un colosse le flattait.

Valaire poursuivit :

— Tu vas m'aider.

— En quoi faisant ?

— À ce que j'te dirai de faire. Et pour commencer, à organiser un tour de garde pour la nuit.

— Pourquoi ça ? On risque rien par ici.

— Si, il y a des...

Aussitôt, Valaire sentit le piège des mots se refermer sur lui. Démuni, presque fautif subitement, il regarda le chanoine, comme on adresse une supplique à un pair. Humbert connaissait les hommes et singulièrement ceux de la trempe de Valaire. Il le laissa quelques instants se débattre dans les eaux froides du silence, le regardant hocher la tête de droite à gauche telle une bête prise dans le courant, puis vint à son secours :

— Valaire a raison, il faut protéger le peu que nous avons. Les bois ne sont pas sûrs, les cols du côté valaisan non plus. Il y a encore des bandes de soldats sans solde qui y sévissent...

Le chanoine laissa sa phrase mourir sans envie d'en dire davantage. Il savait l'accusation infondée à l'égard des déserteurs des armées de Comté. Depuis bien longtemps, la plupart d'entre eux s'étaient fondus dans la population, de l'autre côté de la frontière, dans le pays de Vaud ou dans le Valais tout proche.

Ici, jamais aucune exaction n'avait été commise. Mais il y avait ces corps enterrés quelques heures plus tôt et cette femme agressée durant la nuit. Alors il choisit le parti de la peur à défaut de celui de la vérité.

En quelques phrases finement amenées, il glaça les femmes et les plus veules des maris. Il était question de meurtres et d'éviscérations, de corps empalés et démembrés, de maisons incendiées et de mendiants errant le long des routes. Ses mots pesaient fort, sauf sur Valaire.

Adossé contre un arbre, celui-ci attendait que passe la grêle. Il n'avait que faire, en vérité, des considérations du chanoine en ce domaine. Pour lui, il n'y avait que deux règles : soit l'adversaire était à sa mesure, et alors l'estourbir au plus vite était une nécessité, presque un devoir. Soit il était plus fort en nombre ou en arme, et dans ce cas, le repli et la ruse s'imposaient.

En dehors de cette ligne de vie, rien d'autre ne pouvait le convaincre.

— ... avec des pics ? lui demanda le chanoine.

— Hein ? fit-il, surpris, vu qu'il n'avait pas écouté les propos de l'homme d'Église.

— Je te demande de quelle manière tu comptes t'y prendre pour protéger le village.

— Quel village ?

— Ici, là où nous sommes.

— C'est pas un village, c'est un campement.

— Si tu veux, s'énerva le chanoine, alors comment tu comptes t'y prendre ?

Valaire ne réfléchit pas comme à son habitude. Il se passa la main sur sa joue brûlée, histoire de se donner le temps de trouver une poignée de mots qu'il lança en urgence pour ne pas risquer de perdre le rang qu'il convoitait.

— Deux hommes toutes les quatre heures, une ronde au levant, une autre au couchant. Et dommage qu'on n'ait pas de chiens, cela nous économiserait bien de la peine. Toi, toi et toi, fit-il en désignant trois hommes à portée de doigt, vous serez de la première garde.

— Avec quoi ? répliqua l'un deux, les bras au large le long du corps.

— Avec ça, montra Valaire en brandissant sa hache à double fer. J'm'en vais vous l'affûter, vous allez voir : un coup pour exploser le genou, un autre en aller-retour dans la tempe et la tête est en bouillie.

Tous le crurent, ou firent mine d'être convaincus, sauf le syndic qui remâchait sa haine, vexé de n'avoir en rien été sollicité par le chanoine.

Ensuite, les choses s'organisèrent très vite. L'urgence était de construire d'autres cabanes pour la nuit, de préférence avec des murs, au pire avec seulement un toit en attendant mieux. Les femmes s'organisèrent d'elles-mêmes, mettant en commun ce qu'elles pouvaient de marmites, broncs et écuelles de terre ou de bois. Quelques chandelles, aussi, un peu de suif, une seille à eau par-ci, un barricot par-là qui servirait le temps venu pour le cidre s'il était possible d'en sauver quelques tonneaux.

Pour la nourriture, le partage fut plus difficile. Malgré les injonctions du chanoine, personne ne voulait se démunir. La peur des famines passées et des mois d'hiver à venir était dans tous les esprits. Alors, de mauvaise grâce, on partagea comme l'avait demandé le chanoine Humbert, la main légère et le geste prompt à reprendre ce que l'on venait de céder.

Face à la tournure des choses, Humbert intervint :

— On va bâtir un grenier commun, là, sous les épicéas, à l'abri de la pluie et de la neige. Il faut seulement du temps, de quoi abattre quelques troncs et déligner des planches…

— Et on mettra quoi dedans ?

La question de l'ancien syndic tomba comme une pierre dans une eau calme. Avec une prudence acquise au conseil des sages, il ne s'était adressé à personne en particulier. Mais d'évidence, ses mots étaient destinés au chanoine, de manière à ébranler son autorité pendant qu'il en était encore temps. Le poids de l'homme d'Église au sein de la communauté naissante s'en trouverait ainsi amoindri. Celui-ci ne se démonta pas le moins du monde :

— Il y aura des biens communs, ce sera tout ce que nous allons pouvoir sauver des eaux...

— La belle affaire, tout est pourri à cette heure.

— On séchera, on fumera, on salera, lui répondit le chanoine sur un ton d'autorité. Pour le reste, on chassera, on pêchera, on cueillera. Et ceux qui ne voudront pas participer à l'œuvre commune pourront toujours retourner vers d'autres lieux.

L'échange avait été vif mais sans mots querelleurs. Pour autant, le chanoine porta un jugement sans appel sur Aimon Grandcoin, ancien syndic de Sixt et désormais à classer au rang des hommes hostiles à son projet monastique.

# 8

— Plus vite, Bon Dieu, plus vite ! hurlait Valaire. C'est bientôt nuit, et à cette époque, on va tout prendre le froid.

Tête nue, le faux saunier était plus impressionnant encore. La brûlure de sa joue, dont personne ne connaissait l'origine, rampait vers le haut de son crâne. Un champ de labour dont la terre aurait été la chair et les cheveux des herbes brûlées. Rouge, fripée et, sur cette partie-là du crâne, un friselis de poils chétifs.

Torse nu, l'homme était à la manœuvre sans se soucier des plaintes ni des remarques de ceux réunis pour la construction des cabanes. Sans planches, il avait décidé d'utiliser des pieux à la manière des enclos à cochons. Deux hommes abattaient, deux autres appointaient et passaient les pointes au feu et les quatre derniers enfonçaient les pieux dans le sol.

Comme ils ne disposaient pas de masse, Valaire avait résolu le problème à sa manière. Un gros tronc fut coupé court, une branche de buis enfoncé dedans, à force. L'outil était solide, maniable en raison de la longueur du manche, mais terriblement lourd. Des hommes s'en plaignirent.

— Quoi, s'étonna le contrebandier, pouvez pas manier ça ?

Et d'un bras, il le souleva. S'approchant de la rangée de troncs déjà en place, il se mit à cogner dessus comme si sa vie en dépendait. Il y avait de la force bestiale dans sa manière de faire, de la hargne confinant à la haine, de l'ignorance de toute autre considération que la force. La sienne ou celle des autres pour peu qu'elles fussent bien employées.

— Y a rien à en redire, faut seulement trouver la cadence, c'est tout.

Personne ne répliqua. Celui qui prit sa suite se le tint pour dit. Prudent, il monta sur un billot de bois pour être à hauteur et se mit à envoyer l'outil aussi fort qu'il le pouvait. Le résultat fut loin d'être celui escompté. Après lui, ce fut le rouquin qui prit la relève. L'homme avait l'habitude des travaux de force, mais, au bout d'un bon quart d'heure, il laissa tomber l'outil, écarlate, mouillé de chaud de la tête aux pieds.

— Bon Dieu de bon Dieu.

— Mon fils...

— Quoi ? beugla Valaire.

— Ne jure pas comme ça, lui recommanda le chanoine d'une voix posée appelant moins à la réprimande qu'au conseil.

— J'ai rien juré.

— Si, mon fils...

— Comment ? s'étonna le faux saunier, les bras écartés comme s'il avait voulu vider ses poches pour attester qu'il n'avait rien volé.

Alors le chanoine le prit à part.

— Je sais que tu es un bon chrétien, Valaire, mais pour les autres membres de notre communauté, il faut retenir tes mots, ne pas dire ceux qui te viennent tout de suite à l'esprit. Tu comprends ?

Valaire fit oui de la tête comme après confession. Mais si on lui avait demandé de répéter son engagement, il aurait été bien en peine de le faire. Les mots qui lui avaient échappé, blasphèmes ou non, il ne s'en souvenait pas. Et aurait même pu jurer ne jamais les avoir prononcés.

Jusqu'à ce que la nuit tombe, les hommes besognèrent en cadence. Trois huttes étaient en partie terminées, à l'exception des toits qui n'étaient pour l'heure qu'un entrelacs de branches de sapins posées à la manière de tavaillons. Insuffisantes pour protéger du froid, elles seraient utiles en cas de pluie et plus encore quand la neige viendrait à tomber. Des ouvertures en forme de fenêtres avaient été ménagées dans les murs sur lesquelles il faudrait tendre, le moment venu, de la panse de vache amincie et huilée afin de laisser passer la lumière du jour.

Au centre de la clairière, le dortoir commun avait été renforcé avec des étais qui prenaient appui sur un poteau central. À l'opposé, une autre cabane était en cours de réfection. C'était là qu'avait dormi Angeline Charmoz le soir de son arrivée, en compagnie de ses enfants, dont le dernier n'allait toujours pas mieux, incapable de s'alimenter et rechignant à boire, même de l'eau tiédie.

Quand la nuit commença à s'installer au fond des reculées, les femmes ravivèrent les feux. La plupart avaient été allumés à distance des huttes, pour ne pas les enfumer. Mouillé par les pluies des jours précédents, le bois peinait à flamber, fumait, s'étouffait. Aux fumerolles humides se mêlaient des odeurs de résine chaude. Au moment de s'endormir, on garnirait les paillasses de galets mis au feu, lesquels resteraient chauds jusqu'au matin pour les plus gros d'entre eux.

Les quelques troncs abattus suffiraient à peine pour la nuit. Les hommes avaient bien rapporté des brassées de bois mort, quelques restes de charbon de bois abandonnés par les charbonniers, la saison passée. Mais il était clair que cela ne pouvait suffire. Le chanoine Humbert regardait de loin, peu satisfait de la tournure des choses. Autant il avait paru déterminé dans les premières heures de la journée, autant avec le soir le courage semblait lui manquer.

— Mon père...

Il ne répondit pas, le regard perdu sur les sommets. La voix se fit insistante :

— Mon père, mon petit ne bouge plus.

Humbert baissa les yeux sur celle qui lui faisait face. Plus petite de deux ou trois têtes, il lui fallait lever le visage pour lui parler. Comme on regarde un saint d'église.

Après un instant de silence, d'hésitation plutôt, le chanoine s'adressa à Angeline Charmoz avec des mots dénués de sens. Du moins le crut-elle sur le coup.

— Par le corps du Christ, commença-t-il, il faut se garder du péché de chair. C'est le plus pernicieux de tous. Rampant comme un serpent, il nous expose sans cesse à la tentation.

— Oui, mon père, murmura Angeline, bouleversée par de tels mots prononcés en sa présence.

Elle aurait voulu lui tendre son enfant, lui demander secours, le laisser officier pour le sauver, mais n'osait davantage. Pendant ce temps, le chanoine parlait, le front haut, les yeux levés vers la suie du ciel, là où sans doute dans son esprit combattaient anges et démons. Il parla longtemps, perdant son souffle par instants tant il semblait exalté par ce qu'il disait.

Livide, il s'arrêta brusquement, se pencha.

— Mon enfant ?

— Mon petit va mal.

Le chanoine dévisagea la mère et l'enfant, essoufflé. Puis s'agenouilla, glissa ses mains sous la tête et le dos du nourrisson. Pauvre petit corps immobile, habillé de rien, un simple linge couleur de terre lui servait de lange. La tête était sans force, affaissée contre l'épaule déjà. La bouche était ouverte, inutilement, l'air n'y passait plus. Cela se voyait, mais Angeline Charmoz ne pouvait en accepter l'évidence. Le chanoine le comprit. Alors avec une infinie douceur, il s'occupa de l'enfant, non pas en lui prodiguant des soins qui auraient laissé augurer d'une autre issue, mais en le caressant de ses grosses mains, l'apaisant si tant est que cela fût encore utile.

À plusieurs reprises, il eut la tentation de lui fermer les yeux, mais ne voulut précipiter son geste, se contentant de poser sa paume sur le front marbré comme pour le réchauffer, lui assurer une dernière protection humaine avant de le livrer à la lumière du Christ.

En l'absence d'huile sainte, le chanoine se contenta d'une petite fiole d'eau bénite portée en sautoir sous sa robe. Avec une attention toute retenue, il la déboucha en fit couler quelques gouttes au creux de sa paume et ondoya le front de l'enfant.

En même temps, il sortit un chapelet en grains d'os humain. À sa vue, Angeline se mit à trembler.

— Mon père, qu'est-ce que vous faites ?

Humbert répondit, le regard bas :

— Je l'adresse à Dieu…

— Mais il n'est pas mort, protesta-t-elle, saisissant le bras de son enfant, regardez, il bouge.

Elle secoua le petit bras pour confirmer ses dires.

— Il n'est pas mort, vous voyez bien.

Le chanoine était sans compassion face à la mort. Il savait la douleur et la peine, mais ne leur accordait pas la même valeur que le commun des mortels. Partir pour le royaume de Dieu n'était somme toute qu'un prolongement de la vie, l'entrée dans une dimension divine que tous auraient dû appeler de leurs vœux. Qu'il se fût agi d'un enfant, d'un nouveau-né de surcroît, importait peu. Dieu l'avait rappelé à lui parce que telle était Sa volonté.

D'un geste, Humbert voulut apaiser la mère, la réconforter, mais celle-ci se révolta :

— Il n'est pas mort, mon père : ses yeux sont ouverts, sa bouche aussi.

C'était vrai que, à voir ce petit corps, on l'aurait cru endormi. Seuls ses yeux attiraient le regard, immenses, fixes, brûlant d'une lumière noire déjà éteinte mais encore vivante à l'intérieur. Le chanoine connaissait ces instants d'après la vie, il savait d'instinct que tout ne s'arrêtait pas brusquement, que les fils se dénouaient un à un, plus ou moins rapidement, plus ou moins aisément.

Alors avec toute l'attention dont il était capable, il remit l'enfant dans les bras de sa mère et la laissa aller vers sa cabane, rejoindre ses autres petits qui l'attendaient, le petit corps serré contre son sein.

Une fois Angeline éloignée, le chanoine rejoignit les hommes occupés à dresser un toit sommaire sur une cabane un peu à l'écart des autres.

— Valaire est là ? demanda-t-il.

— Non, il est parti ça fait bien une heure de temps...

— Où ça ?

— L'a pas dit, indiqua le rouquin, il avait sa hache et un sac de chanvre.

— Parti par où ? s'inquiéta le chanoine.

— Par là, à travers bois.

Personne n'en avait fait cas. Il y avait tellement à faire au campement que son départ serait passé inaperçu sans la demande du chanoine. Seulement les hommes de garde tardaient à se mettre en place alors que la nuit rampait déjà aux abords de la clairière. Le chanoine Humbert avait beau se raisonner, il s'inquiétait à l'idée de devoir organiser seul la défense de cette frêle communauté.

Les moyens étaient des plus sommaires : quelques pieux, des pics, cinq ou six haches, une dizaine de goyardes, ces serpes à ébrancher que les hommes d'ici utilisaient un peu pour tout. Les cabanes étaient sans porte et sans fenêtre. Les vivres n'étaient pas tous déchargés, certains encore entassés à l'arrière des chariots attendaient, recouverts d'une bâche en toile huilée.

Alors, dans un élan d'autorité, Humbert rameuta tout le monde :

— Combien sommes-nous ici ?

La réponse fut longue à venir. Tous ne savaient pas compter. On fit des groupes, on rassembla par familles, on se débrouilla.

— Trente-deux, sans les enfants, annonça-t-on. Plus Valaire, finit par ajouter un homme dont le cou était inexistant, à tel point que ses épaules remontaient à hauteur de ses mâchoires.

— Et combien d'hommes ?

On recompta, plus précisément cette fois.

— Dix-neuf, précisa l'homme, la tête toujours enfouie entre les épaules.

Il était massacrier, un métier qui consistait à choisir le bétail en âge d'être abattu, à le préparer et le découper à la convenance du propriétaire. Humbert le connaissait de réputation mais n'en fit pas cas. Tout à son idée, il poursuivit :

— Il faut s'organiser pour cette nuit, un homme par cabane, armé de préférence. Toi, dit-il au rouquin qui attendait, les bras inutiles, tu veilles sur les bêtes en attendant le retour de Valaire.

Il y eut un peu de mouvement entre les familles. Toutes se connaissaient, la plupart étaient de parenté proche ou lointaine, mais subsistaient entre elles quelques vieilles querelles interdisant une trop grande proximité. Alors on s'arrangea au mieux pour se plier à la demande du chanoine.

Humbert, lui, ne s'encombra pas de tant de détails. Comme la veille, il se réserva la surveillance du grand dortoir dressé à l'entrée du campement. Valaire l'y rejoindrait à son retour. Pourtant, sur le point d'y entrer, il rebroussa chemin et se dirigea vers la cahute où s'était réfugiée Angeline Charmoz.

# 9

Le galure rabattu sur les yeux, Valaire avançait, les épaules rentrées, le buste courbé pour mieux épouser la pente. C'était sa façon de marcher. La descente s'était faite à couvert, dans l'humus souple des sapins et les racines rebelles des grands épicéas. De nuit, il marchait avec autant d'aisance qu'en plein midi. Rares étaient les fois où il lui fallait s'arrêter, le temps de laisser ses yeux grappiller un peu de lumière.

Pour lui, il y avait autant de nuances de noir qu'il y avait de couleurs dans l'arc-en-ciel. Entre la suie des sous-bois, le noir charbonneux des sommets ou le voile infusé de la nuit, il s'y retrouvait. Mieux encore, il pouvait en pleine forêt repérer l'emplacement des arbres ou des rochers.

« Ça vient d'eux, ils repoussent la nuit, tu peux pas t'y tromper. T'as qu'à tendre la main, ils sont là. »

Ce soir, c'était entre les bosquets d'aulnes des marais et les touffes de noisetiers qu'il se faufilait. Humbert ne lui avait pas laissé le temps d'expliquer par où il comptait passer pour contourner ces monceaux de pierraille. Mais peu importait, il connaissait les anciens passages des contrebandiers. Il fallait seulement s'assurer qu'ils étaient encore praticables et n'en rien dire pour les emprunter, le temps venu, afin de reprendre ses rapines et ses échanges en tout genre. Et se garder de se faire repérer du chanoine et surtout de jurer sans cesse en sa présence.

Une fois déjà, sept ans plus tôt, il s'était fait prendre à jurer le sang de Dieu à la foire de La Roche. On l'avait surpris en pleine dispute, des hommes d'Église s'en étaient mêlés, l'avaient fait arrêter. Malgré sa roublardise, il avait eu toutes les peines du monde à se défaire des mains de la justice. Cela remonta jusqu'au juge du Faucigny et au procureur fiscal qui le condamnèrent à une peine pécuniaire. Plusieurs voyages de contrebande furent nécessaires pour la payer.

D'instinct, Valaire avait compris que le chanoine n'avait d'autre projet que de réunir une communauté autour de lui et de la ramener dans la règle des Évangiles. Il se satisfaisait d'un tel projet pour peu qu'on le laissât commercer comme bon lui semblait. Et les circonstances lui paraissaient favorables tant que l'ancien syndic ne s'en mêlait pas.

Une fois parvenu sur un petit plateau à mi-hauteur, il huma l'air. Un goût de terre et d'eau s'en dégageait, avec de temps à autre des relents douceâtres. La nuit était là, à portée de main, mais elle lui semblait différente des autres fois. Il avait beau se repérer aux étoiles et aux masses lourdes des sommets, trop de détails lui manquaient. Alors il se résolut à descendre encore au risque de chuter, ou, pire, de s'enfoncer dans un trou d'eau.

Sa marche était souple, silencieuse, même sur le gravier ou la pierraille. À peine un effleurement. Pourtant, il n'était pas tranquille. À plusieurs reprises, il avait surpris des bruits de feuillage à quelque distance. Même en tendant l'oreille pour isoler les sons, il ne parvenait pas à en identifier l'origine. Seul lui revenait comme en écho un bruit filé. Un chuintement. Un son mouillé, comme des pieds nus sur de la terre.

Il s'arrêta, le bruit aussi. On le suivait, il en était sûr maintenant. Et on l'observait sans doute, à courte distance.

114

Alors, il s'allongea, dos au sol, la hache solidement tenue à deux mains. Celui qui allait se présenter, homme ou bête, n'échapperait pas à un monstre coup qui allait lui briser les os des jambes.

Il attendit. Longtemps. Rien.

Il ne s'agissait donc pas d'un animal, lequel se serait approché pour le renifler et l'éventer, mais d'un humain. Un homme frêle sans doute, vu le peu de bruits que produisaient ses déplacements. Un éclaireur peut-être, les autres étant restés à distance. Ceux sans doute qui avaient forcé la jeune femme arrivée dans l'après-midi au campement.

L'imminence d'un combat ne lui faisait pas peur. Au contraire. Valaire sentait monter en lui un goût de bile et ce trouble grandissant qui lui gonflait les muscles des bras et de la poitrine. Quand le sang viendrait à lui vriller les tempes, ce serait le signal. Là, il lui faudrait cogner, sans retenue, les yeux mi-clos, la bouche grande ouverte.

Sur le point de se retourner, il entendit comme un feulement tout près de lui. Sur le noir élimé du ciel, il vit passer une ombre. Un corps. D'un saut de côté, il lui saisit les jambes, le plaqua au sol et commença à cogner des deux poings. Surpris de ne rencontrer aucune résistance, il retint ses coups, gardant les doigts serrés sur le cou de sa victime.

Entre ses mains, un corps de chiffon, presque inerte.

— Bonté, qu'est-ce que c'est que ça ?

Comme il l'aurait fait d'un sac, il traîna le corps par un bras vers une trouée de nuit pour tenter d'y voir plus clair. Le corps s'avachit au sol.

— Bon Dieu de bon Dieu...

Il s'agenouilla pour le palper.

Sous ses doigts, des bras grêles, une poitrine sans téton, des jambes terreuses, un visage morveux.

— Bon Dieu, v'là que je cogne sur un môme...

À ses pieds, gisait le corps d'un enfant, vêtu de hardes. Valaire lui redressa la tête, les deux mains passées derrière la nuque pour la tenir droite, sans résultat. Puis tenta de remettre l'enfant sur pied, les jambes se dérobèrent comme il fallait s'y attendre.

— Me v'la bien…

Valaire était dans l'inconnu. Autant il savait se battre et finir vite la besogne, autant il n'avait ici aucune solution pour venir au secours de celui qu'il venait de rosser. Étonnamment, il pensa au chanoine, aux mots qu'il allait devoir dire pour se disculper, aux mensonges, aux arrangements à imaginer. Beaucoup d'efforts pour pas grand-chose.

Contrairement à ce qu'il aurait fait en d'autres circonstances, il n'abandonna pourtant pas sa victime. Sa hache posée, son sac dessus, il chargea le corps sur son épaule et alla le porter sur une langue de terre plus sèche. L'avalanche était passée alentour mais semblait avoir épargné ces quelques arpents de limon. Il adossa le corps contre une roche, puis emplit ses mains d'une eau terreuse puisée dans une flaque.

Une première fois, puis une seconde. À un moment, l'enfant hoqueta sous la fraîcheur de l'eau qui ruisselait sur son visage.

— Vas-y, bois.

L'enfant restait inerte. Valaire insista, attentif, patient, les mains en coupe au bord des lèvres entrouvertes.

— Allez, force-toi, dit-il doucement, en levant ses mains pour verser davantage.

Cela suffit. L'enfant ouvrit les yeux. Surpris et inquiet d'être là, couché et maintenu au sol par la poigne de Valaire, il tenta de se lever. Le contrebandier l'en empêcha.

— Bois encore…

L'enfant ne répondit pas, ne but pas non plus. Sous la lumière noire de la nuit, ses yeux semblaient disproportionnés pour la taille de son visage. Des yeux fixes qui ne cillaient pas malgré les gouttes d'eau coulant de ses cheveux. Des cheveux ? Une tignasse plutôt, hirsute et frangeuse, tombant sur le front, les oreilles et le cou. Il n'avait pas douze ans, peut-être même pas dix.

À en croire la minceur de ses membres, il n'avait pas un liard de force. Sans doute ne mangeait-il pas chaque jour. Une soupe de temps à autre, quelques tranches de pain d'avoine si dur qu'il fallait les casser à coups de pierre. De la viande rarement, pour ne pas dire jamais. Des truites ou des ombles parfois quand on pêchait à la fouine dans le Giffre, ce trident qui ressemblait à une fourche à fumier. Les filets étaient interdits, seuls les chanoines de l'abbaye en avaient le droit d'usage, et malheur à qui contrevenait. Les amendes tombaient, assorties de saisies quand on ne payait pas.


Valaire n'en était pas à ces considérations. À dire vrai, il ne comprenait pas pourquoi l'enfant ne parvenait pas à se tenir sur ses jambes. Ses coups n'avaient pas été si lourds pourtant et, de toute évidence, moins appuyés qu'à l'ordinaire. À force d'encouragement, l'enfant finit par se redresser.

– Voilà, le réconforta Valaire, respire fort.

L'enfant dévisageait le contrebandier, réfugié derrière le grillage de ses cheveux. Au moment où Valaire voulut lui passer la main sur le front, il s'esquiva et tenta de s'enfuir. Le bras du contrebandier l'en empêcha.

– Si tu t'barres, j'attache.

Et il lui montra sa longueur de corde ficelée autour de sa taille. Valaire avait beau tenter de se rappeler s'il avait déjà rencontré cet enfant dans la vallée, aucun souvenir ne lui revenait. Sur les granges de la Joux et au fond des Pellys vivaient quelques familles qu'il ne connaissait pas. Peut-être s'était-il enfui au moment de l'éboulement.

— T'es d'où ?

L'enfant le regarda, absent.

— Où c'est que tu vis ? Par là, ou par là ? fit Valaire en désignant tour à tour le levant et le versant opposé.

L'enfant le fixait toujours. Il ne semblait plus vouloir s'échapper ou bien avait décidé de donner le change, dans l'attente du moment opportun. Valaire lui enserra le poignet de ses gros doigts terreux.

Face au mutisme du garçon, il décida de s'y prendre autrement. Des enfants muets, il en connaissait ; des sourds aussi. Alors à l'aide d'une branchette, il traça un carré au sol, y ajouta deux traits en forme de toit. Et d'un coup de menton interrogea l'enfant.

— Alors ?

Celui-ci tendit le bras vers Terre Noire.

— Foi de Dieu, tu l'as échappé belle alors. Et ta maison, où elle est ?

Comme le gamin ne comprenait pas, Valaire superposa ses mains et les écarta violemment :

— Plus rien ?

L'enfant hocha de la tête pour dire oui.

— Misère, et tes parents aussi ?

Là, l'enfant voulut dire quelque chose mais rien ne sortit de sa bouche. De temps à autre, il ânonnait bien quelques sons, les mêmes chaque fois en faisant de gros efforts de bouche pour essayer de se faire comprendre. Mais sans résultat.

C'est à cet instant que le garçon s'enhardit. Il lui semblait urgent de conduire Valaire plus bas vers le Giffre ou vers l'un des bras morts qui s'étaient formés.

— Attend, me faut ma hache, intervint Valaire et il lui lâcha la main.

De manière surprenante, l'enfant ne chercha pas à fuir. Il semblait au contraire impatient. Assis à croupetons, il regarda Valaire s'éloigner, ramasser son sac et sa hache. Quand le faux saunier revint, il lui prit la main. L'enfant se laissa faire comme s'il était acquis désormais que l'un et l'autre iraient ensemble.

Entre les restes de sureaux et d'aulnes verts, il leur fut facile de se faufiler. Partout le même carnage. À plus de dix toises de haut émergeaient par endroits les dernières branches d'épicéas centenaires. Malheureux survivants qui allaient agoniser lentement, englués dans cette gangue de terre et de boue qui les étoufferait bientôt.

Parvenu sur le haut d'un talus, l'enfant s'agita pour attirer l'attention sur lui.

— Quoi ? grogna Valaire.

Le gamin lui secoua le bras. Valaire ferma sa poigne sur son manche de hache. Puis avança. La lumière était faible, tissée à brins serrés. Il s'approcha et découvrit un miroir scintillant, étalé à perte de vue.

— Foi de Dieu !

Sous ses yeux, une étendue d'eau comme il n'en avait jamais vu. Même les lacs d'altitude ne reflétaient pas ainsi la lumière de la nuit. Une lumière noire, froide, immobile, cloutée de reflets scintillants tombés des étoiles.

— Qu'est-ce que c'est que ce ça ? murmura Valaire, les doigts grattant sa joue barbue.

En même temps, il tentait d'apercevoir l'autre rive de ce lac en formation. Le plus étonnant, c'est que l'on n'entendait pas l'eau couler. À peine un friselis comme en plein hiver quand des ruisselets se forment entre les roches casquées de glace.

Debout face au glacis de l'eau, il inspecta les berges, les langues de terre et les amas de roches amoncelés un peu partout. À eux seuls, ils constituaient l'essentiel de la digue en formation. Plus loin, commençait la pente avec beaucoup plus bas des déversoirs et des ravines dont on ne percevait même pas l'écoulement.

– Jamais vu ça...

Valaire se coucha alors au sol et attendit, la joue sur le limon, le souffle bloqué. Son visage aussi écoutait, puis, lentement, ses lèvres lâchèrent :

– Ça coule par en dessous.

Une poche d'eau était en train de se former. Le Giffre n'avait pas été détourné comme tous l'avaient pensé au moment de l'éboulement mais était parvenu à se frayer un passage sous terre. Ses eaux souterraines s'accumulaient en silence, grossissant de jour en jour. Valaire ne pouvait évaluer l'étendue d'eau, il distinguait seulement les liserés brillants qui festonnaient le bord opposé, là-bas, à plus d'une lieue.

Quand il se redressa, l'enfant n'avait pas bougé. Il le regardait, attendant de lui quelques mots, un geste pour avoir moins peur. Comme rien ne venait, il lui prit la manche et tira.

– Quoi encore ?

L'enfant tenta d'indiquer quelque chose par un grognement. Cela ressemblait à une plainte, un son douloureux qu'il modulait pour éveiller l'attention du contrebandier, lequel restait immobile, les yeux aimantés par les reflets noirs de l'eau. Accrocheur, le gamin revint à la charge, lui montrant cette fois quelque chose en bordure de berge un peu en contrebas.

– Des troncs, laisse flotter...

L'enfant ne l'entendait pas ainsi. En deux bonds, il fut sur le haut du talus, le longea puis le dévala à grandes enjambées, les bras écartés pour ne pas perdre l'équilibre.

Valaire n'intervint pas, toujours immobile à détailler l'eau, les mains passées sous la ceinture de son pourpoint. À imaginer surtout les conséquences qui allaient naître du débordement ou de la rupture de la poche. Toute la vallée serait inondée, et avec elle les maisons, les cultures, l'abbaye sans doute aussi. L'eau n'avait qu'à suivre le lit du Giffre et se répandre jusqu'à Sixt, jusqu'aux gorges des Tines, jusqu'à la plaine de Samoëns peut-être.

Valaire n'avait pas idée de ce que représentait une telle masse d'eau. Des inondations, comme tout le monde ici, il en avait vécu, savait leurs conséquences. Régulièrement, les hommes étaient de corvée pour curer les nants et dégager leur lit des blocs de roche, des troncs et des amas de viorne et de limon qui s'y formaient. Corvées encore quand il fallait consolider les enrochements, redresser, maçonner, surélever ces défenses de pierre qui cédaient lors des gros orages ou des coulées de boue torrentielle.

Les marchands, les clercs, les hommes de loi et de sciences, les nantis d'une manière générale ne participaient pas à ces travaux communs, ils y allaient de quelques subsides pour acheter la pierre et la chaux, et se trouvaient ainsi libérés de la charge commune.

Les autres, les sans-grade, les sans-argent s'échinaient une fois l'an, parfois davantage, à réparer ces berges desquelles dépendait la vie de tous.

Parvenu à hauteur des troncs, l'enfant essaya d'en ramener un à lui. Les ombres, si denses à cet endroit, se confondaient avec la nuit. Une sorte de manteau épais sans pli ni relief dont seuls les reflets du ciel parvenaient à tracer les contours. Une fois encore l'enfant fit signe à Valaire pour attirer son attention.

De guerre lasse, il finit par répondre d'un coup de menton :

– Qu'est-ce que t'as ?

L'enfant lui montra du doigt le tronc qu'il avait réussi à agripper. Mais, trop faible, il ne parvenait pas à le hisser sur le bord.

– Qu'est-ce tu veut faire avec ça ?

Le contrebandier arriva, la trogne mauvaise.

– Laisse donc...

Sa phrase s'étrangla dans sa gorge. Il eut d'abord un haut-le-corps puis un retrait du buste. Ses yeux allaient de l'enfant au tronc, puis revenaient, à la recherche d'un endroit pour se poser. Rien pourtant. Le ciel comme une masse de suie, l'eau comme un miroir de pierre et des yeux grands ouverts qui regardaient le ciel. Des yeux jaillissant d'une tête enflée, blanche déjà, de ce corps de noyé au buste démesuré, gonflé comme un mannequin de foin.

– Alors là...

Valaire ne pouvait admettre la réalité. Lui qui venait de se quereller avec l'ancien syndic devait maintenant admettre ce que le chanoine lui avait enjoint d'ignorer.

Et ce n'était pas d'un corps dont il allait falloir parler une fois rentré au camp mais de plusieurs. Cinq, six, peut-être davantage. Du moins pour ce que ses yeux pouvaient deviner. Car, au-delà de quelques coudées, on ne distinguait rien. Un noir épais, gluant, dans lequel le regard répugnait à entrer.

– Nous v'là bien, souffla Valaire.

Accroupi sur la berge, l'enfant retenait le corps par un bras de chemise pour lui éviter de dériver. Du fourreau de sa manche, pendait une main, épaisse, blanche et grise. Une main d'homme sans doute à en croire la taille des doigts.

Le gamin leva les yeux vers Valaire. Un bloc, voûté, ruminant son embarras. Alors, d'un geste lent, l'enfant commença à caresser la main du noyé avec infiniment de douceur tout en dévisageant Valaire.

— Mordieu, c'est ton père ?

Le regard triste de l'enfant lui répondit.

En deux enjambées, le faux saunier fut auprès de lui, s'agenouilla, tira le corps pour le mettre au sec. L'homme, car c'était bien d'un homme dont il s'agissait, avait perdu une partie de ses vêtements. Pieds nus, jambes découvertes, il portait encore un haut-de-chausse déchiré et une chemise en toile épaisse. Valaire le tira le plus loin possible en le tenant sous les bras. La proximité de la mort ne l'impressionnait pas, c'était la vision d'un noyé, chose rare en montagne, qui l'indisposait.

Comme beaucoup ici, Valaire n'aimait pas l'eau. Depuis toujours, il s'en était méfié, puis en avait nourri une peur inexplicable, et aujourd'hui une aversion. Le dur, le solide et le ferme lui convenaient. Quand un obstacle se présentait, il cognait ou s'en détournait. Mais avec l'eau, sa force et ses réflexes étaient sans effet. Il fallait composer avec elle, l'apprivoiser, se satisfaire à la fois de sa douceur et de sa violence, trop de choses différentes ou opposées qui lui demandaient des efforts au-delà de ce que son esprit pouvait admettre.

Cette fois pourtant, il ne pouvait se défausser. Un instant, il pensa rebrousser chemin et demander de l'aide au chanoine et à quelques hommes, mais, à l'idée de devoir admettre son erreur face au syndic, son sang se mit à bouillir. L'action lui manquait, alors il houspilla l'enfant.

— Reste donc pas là, aide-moi à le porter ailleurs !

L'enfant leva des yeux tristes, se déplaça, la main toujours agrippée à la manche de son père.

— Et les autres là-bas, indiqua Valaire en montrant les corps flottants, des gens de ton village, je parie ?

L'enfant resta muet.

— Maintenant, va me falloir creuser des fosses, et sans outils.

Tiraillé entre l'idée d'affronter le syndic ou creuser seul à la hache et aux pics de bois taillés à la va-vite, il n'eut pas longtemps à réfléchir. Rien qu'à sa trogne rageuse, on pouvait s'attendre à une besogne vite menée. Ce fut plus vite fait encore.

À quelque distance de là, il repéra un bosquet de baliveaux. Des perches y furent taillées, appointées en forme de gaffe, ce serait pour ramener les noyés sur la berge. Deux ou trois longueurs assemblées entre elles à l'aide d'écorce feraient l'affaire.

Puis des troncs plus gros furent abattus. Valaire laissait aller sa force et sa peur. L'une se nourrissait de l'autre. À chaque coup de hache, les copeaux volaient, les branches s'abattaient, les bois s'entassaient. Il les tailla, à longueur, ni trop long ni trop lourd, jugeant son travail d'une pointée d'œil chaque fois qu'un pieu était terminé. Sa hache, il la connaissait comme un menuisier son ciseau, les coups étaient justes et propres à chaque cognée. Il avait eu d'autres outils dans le temps, appelés mangeuse de frêne, boulgourde des clairières ou trancheuse d'if, mais il préférait celle-ci, son double fer le rassurait.

Puis il fallut ramener chacun des corps. Valaire s'en chargea, laissant à l'enfant le soin de lier les branches entre elles. À un moment, il s'interrompit, la gaffe relevée.

— Tu t'appelles comment au fait ?

L'enfant le regarda, la mine sans expression.

– Ton nom ?

Pas de réponse.

– Bon, je t'appellerai Hans, ça te va ?

Sans réponse, Valaire prit la chose pour acquise.

Plusieurs heures furent nécessaires pour venir à bout des cinq fosses. Au moment d'emplir la troisième, l'enfant se leva du tas de cailloux sur lequel il était assis. Le tour de son père était venu. Il s'approcha de lui, s'accroupit pour être à hauteur du corps et lui prit les mains entre les siennes. Immobile, il avait regardé faire Valaire, mais au moment de se séparer de celui qui lui avait donné la vie, il se pencha sur le corps et l'enlaça de ses bras maigres.

Longtemps, il resta ainsi, se souvenant sans doute des jours passés avec les siens, de ces moments qu'un enfant grave en lui sans même savoir si un jour il sera un homme. Puis il se détacha, sans un sanglot, sans un regard, et se dirigea vers un autre corps. Le même visage bouffi, encombré de cheveux filasse. Il s'agenouilla devant, nettoya le visage terreux de ses mains, écarta les mèches collées aux joues et y posa ses lèvres pour un dernier baiser.

Valaire était de marbre.

– C'est ta mère ?

L'enfant le regarda, le visage digne, les yeux figés sous le glacis des larmes. Le contrebandier comprit alors ce que le garçonnet attendait de lui. À l'aide d'une branche appointée, il élargit un peu la fosse et y plaça les deux corps côte à côte avant de les recouvrir de terre. Puis, avec beaucoup d'hésitations et de trous de mémoire, il récita ce dont il se souvenait de l'office des trépassés, conscient qu'aucun corps n'avait été ondoyé ni préparé.

La vie s'en était allée, l'à-Dieu était fait.

Ensuite, Valaire tailla des branches et les assembla en forme de croix, les nouant à l'aide de leur écorce, puis les enfonça sur le devant de chaque tombe. Une fois sa hache, sa corde, son sac ramassés, d'un coup de tête il fit signe à l'enfant de le suivre pour rentrer au campement.

La première lieue se fit en silence, seuls leurs pas égratignaient la nuit. Le contrebandier allait devant, d'une allure mesurée, la tête basse, les épaules lourdes, vérifiant souvent que l'enfant ne traînait pas. Au passage du chariot de la femme Charmoz, toujours enlisé à mi-moyeu, l'enfant allongea le pas et vint placer sa main dans celle de Valaire.

Sur le moment, personne n'aurait su dire pourquoi ce geste. Seul l'enfant savait ce qu'il signifiait.

# 10

Parvenu à l'orée de la clairière où était dressé le campement, Valaire fit signe à l'enfant de ralentir. Malgré le noir épais des arbres, on distinguait des fumerolles montant des pierres assemblées en foyer. Tout près, un feu brasillait. Un peu à l'écart, un autre rougeoyait sous une couche épaisse d'écorces et de cendres.

Par habitude, le contrebandier huma l'air. La pluie de ces derniers jours l'avait chargé en eau, en odeurs de résine et d'écorce pourrie. Des odeurs de bêtes, aussi. Sous le couvert, on distinguait des croupes de vaches attachées par une chaîne. Signe que d'autres villageois étaient montés se réfugier durant la journée avec ce qu'ils avaient pu sauver de leur troupeau.

Valaire avait beau observer, tout était calme. À part de temps à autre le cliquetis des anneaux lorsqu'une bête tirait un peu fort sur sa chaîne. Alors il s'enhardit. Après avoir exigé de l'enfant qu'il se cache derrière un amas de branchages, il s'arma de sa hache.

— Vont voir ce que c'est, les bougres, de s'endormir au lieu de garder.

Le premier homme qu'il aperçut était assis au pied d'un arbre, les genoux repliés, la tête posée sur les bras.

— Je m'en vais l'arranger, celui-là, qu'il n'aura pas envie de reprendre un tour de garde.

Sans bruit, il rampa derrière lui et, une fois son manche de hache glissé sous son menton, il tira violemment des deux mains. L'autre essaya de se débattre, bras et jambes à la dérive. Puis, dans un geste de désespoir, porta les mains à son cou pour se dégager. Peine perdue, en un instant, son corps hoqueta, puis s'avachit.

— Ma vache, j'vais t'apprendre à dormir.

Les autres hommes chargés du tour de garde y passèrent tous, l'un après l'autre. Puis ce fut le tour du rouquin. Sûr de son fait, celui-ci s'était installé non loin de là, le long du mur du dortoir. Pour lui, Valaire décida de s'y prendre d'une autre manière. À l'aide de sa corde, il lui noua les jambes à hauteur des chevilles et passa ensuite l'autre brin autour de son cou après avoir effectué un nœud coulant. En se levant, il s'étranglerait, c'était sûr.

— Vas-y, cours, maintenant, lui dit-il en lui lançant une énorme bourrade en pleine tête.

Le rouquin ouvrit la bouche comme pour respirer, tangua des yeux et des épaules avant de se lever d'un bond. Le nœud coulant se referma. Le temps de porter ses mains à son cou, Valaire était sur lui, sa hache à la main. Dans la confusion de la bagarre, le rouquin n'eut pas le temps de savoir qui l'agressait. Il tenta d'appeler. Mais une main le plaqua au sol. Le fer de hache vint se poser contre son cou.

— Tu couines, t'es mort.

Alors il se tut.

Bien avant qu'ils aient repris leurs esprits, Valaire les traîna un par un au milieu du campement, tels des sacs ou des paillasses, ignorant les visages qui s'éraflaient au sol et des bras qui pendaient dans la boue. Le rouquin ne disait mot, conscient de sa faute, penaud d'avoir à s'expliquer.

Quand tous furent revenus à eux, Valaire saisit un brandon et le leur passa sous le nez. Ce n'était pas de la violence qu'exprimait son geste, mais il traduisait une sorte de force bestiale, dénuée de limite et encore moins de morale.

— Alors, lança-t-il, j'aurais pu vous percer comme des outres que vous n'y auriez rien entendu.

Le petit homme étranglé avec le manche de hache, surnommé « Jambe-de-laine » en raison de sa faible constitution, se rebiffa à sa manière :

— Valaire, on n'est pas faits comme toi...

— Comment ça ?

— T'as rien dormi de la nuit, t'es allé courir les bois, et à cette heure, t'es encore debout.

— Et alors ?

— Alors à mon âge, j'suis plus de force. Cambuser toute la journée, scier, construire, charroyer des pierres, je suis plus de force, j'te dis.

Les autres le jugeant habile dans sa défense se mirent à enchérir à sa suite. Tout y passa : le manque de bois, les rigoles d'eau boueuse, l'afflux de nouvelles familles, le peu de lait donné par les bêtes, la farine gâtée par la pluie, les femmes qui se chamaillaient pour un oui ou un non...

— Et toi, avec ta carcasse de colosse, t'es pas de force non plus ? lança-t-il au rouquin qui, à part se masser le cou de temps à autre, n'avait pas esquissé un geste depuis le début de l'explication.

Hésitant entre parler et se taire, il finit par se résoudre à dire ce qu'il avait sur le cœur.

— J'n'aurais pas dû être là.

— Tiens donc ?

— On m'avait affecté à la cabane de la femme Charmoz, celle qui est...

— On sait, et alors ?

— Alors, on m'a dit de déguerpir.

— Et qui la surveille, sa cabane ?

— Le chanoine.

Visiblement aucun des hommes ne parut surpris. Soit ils avaient entendu les ordres du chanoine, soit ils avaient d'eux-mêmes deviné ses errements. Dès le début de la soirée, Jambe-de-laine s'était méfié des ordres et des contrordres donnés par l'homme d'Église, confus dans ses choix, troublé à l'idée d'être seul à tout organiser, énervé pour tout dire par ce qui se passait au campement.

Comme exigé, il s'était posté à l'endroit indiqué avec pour seule arme sa goyarde emmanchée sur une branche d'acacia, qui, d'ordinaire, lui aurait servi à élaguer les viornes et les broussailles. De là, il avait observé les allées et venues d'une cabane à l'autre. Celles du chanoine, celles du syndic également. Les deux hommes se connaissaient de longue date, l'un administrant civilement le village de Sixt, l'autre se chargeant des âmes sous le registre du chapitre religieux de l'abbaye.

En début de soirée, ils s'étaient inquiétés de l'absence de Valaire puis s'étaient résolus à s'organiser sans lui. C'est à ce moment que les emplacements furent décidés, que le rouquin fut envoyé de l'autre côté du campement et que l'entrée du petit dortoir fut assignée à Jambe-de-laine. Après, ils s'éloignèrent, chacun un pic sur l'épaule.

— Pour quoi faire ?

La question de Valaire avait fusé sans prévenir, comme s'il s'était senti dépossédé d'une charge qui lui revenait.

— J'ai rien vu, tu comprends, c'était trop sombre là-dessous. Toujours est-il qu'ils y sont restés une paire d'heures. C'qu'ils y ont fait, j'en sais rien, ajouta-t-il en levant les yeux au ciel pour donner du poids à son ignorance.

— Je sais, moi…, coupa le rouquin.

Il balançait les bras comme pour les égoutter, tanguait des épaules, mal à l'aise de trahir, satisfait d'alléger sa conscience. Et il expliqua qu'Humbert et l'ancien syndic s'étaient relayés pour creuser une fosse et inhumer l'enfant de la femme Charmoz, mort durant l'après-midi.

Rien que de très ordinaire à cela. Pourtant Valaire se sentait dépossédé d'une charge qu'il s'était lui-même assignée. Être ensevelisseur, officiel ou de circonstance, n'avait rien de gratifiant. Nombre d'hommes tentaient même d'y échapper, arguant de raisons qui ne trompaient pas. Et quand leur tour venait, ils étaient contraints de creuser comme tout le monde, sauf en cas d'épidémie. À moins qu'un ensevelisseur ne fût nommé par le syndic ou l'autorité religieuse, charge rémunérée à hauteur de quelques deniers.

— Et après ? demanda Valaire.

Le rouquin gonfla les joues pour mimer son ignorance, et ajouta, gêné de devoir encore parler :

— Après ? Il s'est lavé les mains au bachal, avant d'aller rendre compte à la femme Charmoz.

Valaire n'en demanda pas davantage, les autres non plus. À leur visage, on comprenait sans peine que la vie allait s'organiser ici selon les règles imposées par le chanoine. Et malheur à qui y dérogerait. Valaire n'en fut pas contrarié, ce qui lui déplaisait c'était de ne plus être seul dans la confidence de la mort. Il lui avait semblé que le chanoine lui avait accordé une confiance aussi vite bafouée en la partageant avec un autre, le syndic de surcroît. Alors, avec son instinct d'homme fruste, il se résolut à ne rien dire des corps enterrés durant la nuit. L'enfant recueilli serait le sien et malheur à qui lui porterait tort.

Ses résolutions prises, il alla chercher le petit Hans endormi derrière un tronc et l'installa dans un coin du dortoir, à l'abri du froid qui montait de la terre. À l'aide d'une couverture enlevée sur un corps endormi, il le protégea et s'allongea à son côté, pensant à l'étoile immobile qu'il avait vue flamber au milieu des eaux noires.


Quand le froid de l'aube se fit plus vif, Valaire ouvrit les yeux et se mit à écouter respirer la nuit. Le vent était tombé, l'air immobile. Une vapeur fine, tissée de gris et de rose, commençait à limer le ciel là-bas très haut du côté du Tenneverg. Bientôt, la toile du ciel allait s'ajourer avant de s'échancrer pour laisser jaillir toute la lumière du jour. En cette saison, le soleil restait longtemps tapi derrière la masse violâtre des sommets, mais ce n'était plus qu'une question de minutes. La nuit allait avancer, se dépouiller de ses voiles et les remiser au profond des vallées.

Valaire s'appuya sur un coude. Au fond du dortoir, une odeur rance faite d'urine, de crasse et d'haleine gâtée rampait là où les derniers arrivés s'étaient installés, faute de mieux. Tout le monde dormait, avachi, enroulé, enlacé, entassé, alternant des bruits de bouche et des grognements de gorge. Valaire sortit au prétexte d'inspecter le campement, non sans avoir vérifié que le jeune Hans dormait toujours, un pan de couverture remonté sur les yeux.

Aux abords du campement, les hommes étaient en faction, fourche, hache ou goyarde en main. L'incident de la nuit avait marqué les esprits, surtout ceux du deuxième tour de garde qui avaient tout fait pour rester éveillés, inquiets à l'idée de se faire, eux aussi, garrotter par surprise. Valaire leur adressa un coup de menton en guise de salut, assorti pour certains de quelques reniflements de défi.

À hauteur du rouquin, il s'arrêta :

— Alors ?

— Alors quoi ? déglutit l'autre.

— La nuit, les nouveaux, les bêtes…

— Ça va, ça dort.

— T'as vu personne alors ?

Le rouquin confirma de la tête, pressé d'en finir, inquiet surtout de devoir en dire plus qu'il ne le souhaitait.

Le faux saunier allait à grands pas de l'un à l'autre, dos voûté, les mains passées sous le devant de sa ceinture. Plusieurs fois durant la nuit, il avait voulu se lever. Surveiller les guetteurs et les remettre dans le droit chemin en aurait été le prétexte, savoir ce qui se passait dans la cabane de la femme Charmoz, la raison inavouée. Il y renonça pourtant. S'immiscer dans cette histoire le dérangeait, comme souvent les affaires des autres. Seulement, il y avait cette communauté d'hommes et de femmes dont il avait perçu la faiblesse.

Quand allaient venir le froid, le manque de vivre et les inévitables querelles entre familles, personne d'autre que le chanoine n'aurait l'autorité pour intervenir. Il fallait donc le laisser agir, même si, au final, il s'en méfiait désormais, comme du syndic, comme du rouquin également.

La vraie raison, il n'aurait su la dire. Maladroit avec les mots et plus encore avec les idées, il s'en remettait à son instinct. Et en la circonstance, celui-ci lui dictait de rester à distance. Alors il contourna la hutte d'Angeline Charmoz à grandes enjambées, flairant néanmoins au passage, à petits coups rapides, pour savoir si des fois une odeur ou un détail n'aurait pas pu le renseigner. Le brouillard rampant sentait l'eau. Valaire en respira une longue bouffée et la mâcha à petits coups rapides, filtrant l'air par ses narines avant de le laisser ressortir. Hormis l'odeur des feux finissants et celle plus lointaine de terre, il n'identifia rien de familier.

En dépit de ce calme apparent, Valaire restait pourtant sur ses gardes. L'immobilité des choses l'intriguait. D'ordinaire, aux premiers instants de l'aube, la terre, les bêtes, les arbres, tout s'éveillait dans un jaillissement silencieux. Un silence d'apparence néanmoins. Car chaque bruit avait sa place, la même qu'hier, la même que demain, une sorte d'empreinte dans laquelle il s'éveillait.

Prudent, le faux saunier passa à couvert, là où la mousse épaisse avalait les pas. Il gravit un premier talus, encombré des fours de charbonnier hors d'usage dans lesquels les femmes étaient sans doute venues gratter pour ramasser quelques restes de charbon de bois durant la journée. Puis, s'apprêtant à franchir un treillis de branches et d'arbustes, il s'arrêta.

Avant même d'avoir identifié le bruit, il était déjà couché au sol, le regard en embuscade. À quelques encablures, un homme écorçait un tronc à la hache.

— Qui c'est celui-là ? s'interrogea Valaire, plus intrigué qu'inquiet.

L'homme semblait s'y connaître dans le travail du bois. Sa hache, tenue près du fer, courait sur toute la longueur d'un tronc non seulement écorcé mais déjà à demi façonné en forme de poutre. De flanc, on ne voyait de lui que ses bras et son torse. Une peau blanche, des muscles secs, des attaches solides.

— Holà ! hurla Valaire, en pénétrant les taillis de ronces et d'épineux, les bras en bouclier devant le visage pour se protéger des griffures.

Tout à son affaire, l'homme ne l'avait pas entendu. Le contrebandier lança alors d'une voix égrillarde :

— À cette heure, la besogne peut pas encore attendre un peu ?

L'autre fit volte-face. Un corps immense, osseux, noueux, des épaules à l'avenant, des bras aussi longs que forts. S'approchant encore, Valaire le reconnut.

— Mon père…

Le chanoine était figé dans une attitude de surprise, raide et distant.

— Mon père, c'est moi.

— Je vois, répondit froidement le chanoine, et qui t'a permis ?

— Permis quoi ?

— De venir me chercher, comme ça en forêt. C'est moi qui dirige cette communauté, s'enflamma l'homme d'Église, c'est moi qui ai la responsabilité de vos âmes et de vos corps. C'est moi, personne d'autre, tenez-vous-le pour dit, toi et les autres.

Valaire accusa le coup.

— Mais…

— Mais rien, trancha Humbert, de plus en plus dur dans ses mots et rigide dans sa pause.

On l'aurait dit délivrant un sermon à une armée de pénitents. D'un geste terrible, il ficha sa hache à mi-fer dans l'un des troncs, le plus court des deux, celui dont l'écorçage n'était pas encore entamé. Et en forme de menace, lança :

— Tu n'as rien vu Valaire, tu m'entends, tu n'as rien vu, ni maintenant ni cette nuit…

Valaire prit une mine d'homme soumis, du moins s'y essaya-t-il. Et dans un plissement de front censé traduire son détachement teinté d'ignorance, prononça les mots que le chanoine attendait :

— Je n'ai rien vu, mon père, je vous l'assure.

— Rien ?

— Sur la sainte Bible, je le jure.

— C'est bien, mon fils, se détendit le chanoine, accepter la faiblesse des hommes, c'est se rapprocher de la grandeur de Dieu, le sais-tu ? As-tu déjà vécu ces instants de grande communion avec le divin en te soumettant à sa volonté. Hein, l'as-tu déjà vécu ?

Valaire acquiesça du menton et de la tête, incapable en fait de comprendre de quoi lui parlait Humbert. Pour ne pas perdre son avantage, le faux saunier sentit qu'il lui fallait reprendre la main. Parler de rien, de ce qu'il connaissait, de ce qui risquait de tenir le chanoine à distance, le repoussant dans ce monde peuplé d'interdits.

— La hache, là, fit-il en désignant du bout du pied l'outil fiché dans le rondin, faudrait lui refaire le fil.

— Fais donc, concéda le chanoine, étranger d'un seul coup à ce qui se passait, à moins que ce ne fût de l'indécision ou une manœuvre, une façon de s'échapper de la confrontation afin de préparer la suite à donner à cet échange.

Bras ballants, buste rentré, il regarda Valaire affûter sa hache, le passage de la pierre, son pouce tâtant le fil, sa façon de la tenir entre ses cuisses. Le contrebandier, lui, ne voyait que son ouvrage, les dents serrées sur ses interrogations. Car il aurait voulu parler, Valaire, demander à quoi allait servir cette poutre de près de trois toises qui gisait à ses pieds. Pourquoi une telle longueur, bien plus qu'il n'en fallait pour une panne faîtière à poser sur une cahute ? Et l'autre morceau, beaucoup trop court pour une apponte, à peine de quoi faire un linteau de porte...

N'y tenant plus, il demanda :

— Je peux finir la besogne en moins d'une heure, mon père, comme ça, on mettra tout d'équerre avant de retourner au campement.

— Jamais...

— Mais à deux...

— Jamais, je t'ai dit.

La réplique était sans appel. Le visage et le regard du chanoine l'étaient tout autant. Lèvres pincées, muscles bandés, il semblait lutter contre une tourmente intérieure. Muet tout à coup, il s'était réfugié dans un balancement de tête, régulier et machinal, refus de l'offre de Valaire autant que crainte d'une situation ou d'une impasse dans laquelle il se sentait engagé. Au bout d'un moment, il revint dans la discussion. Sa voix trahissait la concession :

— Tu vois, Valaire, un homme ce n'est jamais ni tout bon ni tout mauvais. Il y a des moments où l'on ne sait plus, c'est là que Dieu nous tend la main et nous montre le chemin.

Le contrebandier faillit répondre oui, ce qui selon lui était plus prudent que de dire non. Il s'abstint malgré tout et revint à ces questions de bois :

— Oui, mais les troncs...

— Ce ne sont pas des troncs, mon fils, ce sont les bois d'une sainte croix. L'ébauche, du moins, mais il m'appartient d'en faire notre repère à tous, notre symbole, celui qui doit nous montrer le chemin et tenir notre communauté éloignée du péché.

— Faire ça tout seul, c'est une folie, mon père... Nous ici, on dit : quand tout le monde s'aide, la poutre se lève et personne se crève.

— On n'est jamais seul quand le Seigneur est avec nous, répondit le chanoine.

Et il ajouta, se parlant à lui-même :

— S'Il veut bien encore de moi.

Puis se baissant pour ramasser sa hache, il exposa involontairement son dos au regard de Valaire. Un carnage de chairs tuméfiées, de zébrures et de caillots de sang, une peau lacérée, griffée, fouettée à coups de ronces et d'épineux. Un combat entre le bien et le mal que le chanoine avait mené seul, infligeant à son corps les conséquences d'une faute commise en conscience et regrettée aussitôt.

Son demi-tour effectué, le chanoine se trouva face au contrebandier. Il le dominait d'une bonne tête. Son corps nu et blanc, ses bras pendants lui donnaient une allure de statue. Plus petit, Valaire ne détourna pas le regard, ce type d'échange ne l'impressionnait pas. D'ordinaire, il les vivait comme l'annonce d'une bagarre prochaine, ce qui de toute évidence ne pouvait pas être le cas ici. Humbert l'empoigna alors du regard, le fixa en fouillant son âme pour vérifier si la crainte de Dieu y était toujours présente.

Rassuré, il lui asséna :

– Valaire, tu as juré, ne l'oublie pas… sur la sainte Bible.

## 11

Le surlendemain, la croix fut dressée en plein centre du campement. Pour en façonner la traverse et le poteau, le chanoine n'avait demandé d'aide à personne, s'absentant quand la tâche le lui permettait, la nuit de préférence pour ne pas éveiller l'attention des hommes de garde.

Au matin du troisième jour, la croix était là couchée au sol, assemblée, orgueilleuse et fière à la fois. Personne ne savait comment elle était parvenue ici ; ce mystère ajouté à sa taille lui conférait toute sa dimension mystique et la crainte qui en naissait.

Durant la matinée, Humbert organisa les travaux. Un trou fut creusé. Des haubans préparés. Des hommes parmi les plus forts réquisitionnés. Rien n'échappait à l'autorité du chanoine. La veille, il avait mesuré à grandes enjambées, puis vérifié à l'aide d'une corde à treize nœuds, rectifié son choix initial pour l'arrêter au final sur ce qu'il considérait comme la seule place digne de recevoir une croix.

— Là, indiqua-t-il du doigt aux deux hommes de corvée de pioche.

À l'endroit indiqué, la terre était dure, minée de cailloux et de racines, les hommes creusèrent sans se plaindre, se relayant souvent jusqu'à atteindre cinq ou six coudées de fond. Quand la profondeur fut suffisante, le chanoine demanda aux familles, femmes et enfants compris, de se réunir en cercle. C'était à la fois son œuvre et la marque secrète de son expiation qu'il fallait regarder. Même si tout le monde l'ignorait, tous devaient être là, non pour admirer son travail mais pour se soumettre au divin et par conséquent à lui-même.

Valaire était du spectacle. Accoté de l'épaule contre le tronc d'un sapin, il regardait faire, bras croisés, une brindille entre les dents. Puis il décida de s'écarter jusqu'à se retrouver au côté d'Angeline Charmoz, laquelle laissait ses yeux aller du sol aux nuages, pour revenir sans cesse se poser sur le chanoine.

— Belle croix, hein ?

Angeline ne répondit pas. Ses enfants, accrochés à sa robe, semblaient être là de passage. Pas un regard ne leur était destiné. Elle n'avait d'yeux que pour la croix, son élévation, les haubans qui se tendaient, les hommes qui ahanaient en opposant leurs forces. Pour la circonstance, le chanoine avait lavé sa robe de bure ; il la portait capuce relevé, regard lointain.

— Avec une croix pareille, vous allez être protégés toi et ta marmaille, tu penses pas ? insista le contrebandier, le visage tourné vers la jeune femme.

— Oui, soupira-t-elle, sans réfléchir.

Tout chez elle semblait frêle, osseux, fragile, hormis ses seins qui pointaient, fiers sous l'étoffe. C'est à cet instant que Valaire la vit autrement. Belle, Angeline Charmoz, l'était assurément, d'une beauté simple que la vie s'acharnait à affadir. À tout juste trente ans, son corps était déjà épuisé, son visage délavé, seuls ses yeux semblaient garder encore un peu de foi en la vie. Un regard droit qui ne se dérobait pas, détaillant les hommes et les choses sans faux-semblants. Mais qu'un mot ou une insulte vînt à jaillir et ils se refermaient pour un instant ou pour longtemps, murant derrière ses volets clos l'idée d'une autre vie à laquelle elle rêvait en secret.

— Dis donc, ton mari, il est parti pour longtemps ? demanda Valaire.

Sur le coup Angeline fit mine de ne pas avoir entendu.

— Quoi ?

— Ton mari, il rentre quand ?

— Ce que j'en sais moi, se rebella-t-elle, vive, presque revêche. Il est parti en nous frappant, il reviendra en nous injuriant.

— Et il est où au juste ?

— Si je le savais.

Valaire s'était encore rapproché d'elle, la jeune femme devait sentir son haleine lourde et ses odeurs de corps.

— La jument, elle est pas là non plus.

La jeune femme ne fut ni surprise ni déçue. Indifférente, elle laissait ses yeux aller vers le réconfort que lui offrait le ciel, la croix qui ne parvenait pas à se dresser malgré les efforts cadencés de quatre paires d'hommes. Vers le chanoine surtout, dont elle détaillait gestes et regards comme si ce fussent les derniers qu'il voudrait bien lui accorder.

— Il serait pas parti rapiner des fois ? Avec toutes ces fermes et ces mazots écroulés, y a de quoi faire, pas vrai, et pour pas cher.

Angeline resta muette.

Les questions de Valaire lui clouaient l'âme. Bien sûr qu'elle avait deviné où était son mari, bien sûr qu'elle n'avait rien oublié de son regard haineux ni de ses mains sales toujours à chaparder quelque chose, à combiner, à rapiner, à claquer, à fouetter ou à gifler. Tout cela, elle le savait, mais elle préférait le garder pour elle, au risque qu'un jour tout se renverse et elle avec, comme un tombereau trop lourdement chargé.

Pour l'heure, elle voulait rester pour quelques instants encore dans cet univers de fleurs bleues décrit par le chanoine au moment de la mise en terre de son enfant. Dans ce monde-là, il n'y avait plus ni souffrance ni injures ni faim ni froid, on vivait dans un nuage blanc, on marchait sur la pointe des pieds pour ne pas écraser les fleurs et l'on parlait du bout des lèvres pour ne pas réveiller les anges ni les enfants.

C'était le chanoine qui lui avait raconté comment c'était de l'autre côté du grand mur gris de la vie.

— Quand il va revenir, ton homme, comment tu vas t'y prendre ?

Valaire ne lâchait rien. Il était à la manœuvre depuis la pointe du jour avec une idée fixe en tête et n'en démordrait pas.

— Hein ? Comment tu vas t'y prendre ?

Angeline le regarda, les yeux las, des mèches tombées sur son visage lui donnaient une tête de pénitente.

— Je verrai bien…

— Il sera plus temps de voir, j'vais…

Angeline détourna la tête pour signifier qu'elle ne voulait rien entendre. Des hommes qui laissaient croire, elle en avait connu plus souvent qu'à son heure, toujours les mêmes avec leurs attitudes, toujours les mêmes avec leurs promesses. Les laisser faire n'arrangeait rien, leur refuser aggravaient les choses.

Valaire la prit par le bras.

— Écoute-moi…

— Non…

— Bon Dieu, quand ça va venir l'hiver, vous allez tous crever, y aura plus rien à bouffer, rien pour se chauffer, et les miasmes, les maladies et les morts, tu y as pensé à tout ça ?

142

— Le chanoine saura nous secourir par la grâce de notre Seigneur Jésus-Christ.

— C'est sûr, se radoucit Valaire, mais y a trop à faire dans un camp comme ici. Sitôt les premiers froids, on va crever, je te dis, les faibles et les enfants vont y passer les premiers. Sans parler des bagarres pour un rien de farine ou un bout de pain à moitié gâté.

Les détails marquaient, et avec eux le doute commençait à s'instiller.

— Et alors ? demanda Angeline, craintive.

— Alors je peux t'aider.

Angeline Charmoz aurait voulu s'envoler pour ces grandes prairies bleues dont lui avait parlé le chanoine, effleurer les herbes douces, glisser sur l'eau comme sur des lacs d'hiver, sans rien dire, sans rien penser qui pût déplaire. Elle aurait voulu être morte, mais vivante à l'intérieur, n'avoir rien à dire, rien à décider, se laisser vivre et se laisser mourir. Le chanoine avait dit que c'était la même chose, que seule la couleur des choses était différente. Ici le gris, là-bas le blanc, avait-il affirmé, en la pénétrant au fond de l'âme ; elle, le regardant comme seule une femme séduite sait le faire.

D'un geste las, Angeline se tourna vers Valaire. Sa face brûlée la touchait presque. Ce visage l'impressionnait plus qu'il ne lui faisait peur, avec ses poils clairsemés noirs comme des chaumes grillés. Tout lui répugnait chez cet homme sale et sans manières.

Le chanoine la secourait, c'était acquis, mais Valaire pouvait aussi, à l'occasion, la défendre et l'aider à nourrir ses enfants si par malheur la famine s'installait. Alors elle dit oui, avec la honte de se donner sans peut-être rien recevoir en retour.

— Qu'est-ce que tu veux ?

— Partons d'ici, répondit Valaire, prudent. Dans ta cabane, y a quelqu'un ?

— Personne, murmura-t-elle, déçue d'elle-même.

Puis elle demanda à ses enfants de rester sur l'aire où l'on dressait la croix.

L'intérieur de la cabane sentait le froid. Pas de feu, pas de bois, même pas de lampe. Une simple toile de jute barrait la porte, bien maigre obstacle quand le gel allait commencer à gercer la terre. Au sol, une marmite croûtée de la veille, des sacs de chanvre alignés en paillasses. Ni nourriture, ni vêtements, ni couverture. Même pas de paille au sol. Une misère ordinaire.

— Faut que je te dise, commença Valaire, subitement inquiet à l'idée qu'un refus pût lui être opposé. Voilà, j'ai un fils…

— Ah ?

— C'est d'hier, je viens de l'adopter…

— C'est bien.

— Et faut que tu m'aides à m'occuper de lui.

— Mais j'ai déjà pas de quoi pour nous, se défendit Angeline, les bras écartés pour témoigner de son dénuement, j'ai rien de nourriture et pas plus pour me chauffer, regarde toi-même.

Angeline parlait doucement, d'une voix claire et belle. Après avoir imaginé le pire, après avoir ravalé sa répugnance, elle retrouvait son instinct de femme, prête à aider autant que le lui permettaient ses maigres réserves, mais elle ne savait comment si prendre. Alors elle insista sur ses bonnes intentions, sachant leurs effets limités par le manque de moyens.

— C'est rien, ça, rassura Valaire, en une nuit je peux tout rapporter : farine, pois, fèves, viandes et couvertures. Il y en a partout dans les éboulis et les bras morts, sitôt que l'eau sera retirée, il n'y aura qu'à se servir.

— Tu crois ?

— Oui, partout ça va flotter.

— Alors…, commença-t-elle à dire, d'une voix un peu apaisée.

— C'est pas tout, l'interrompit Valaire, c'est qu'il faut qu'on parle d'autre chose.

Angeline ne fut pas surprise. Chaque chose avait sa valeur, la vie sa logique. Il n'était pas dans l'ordinaire que l'on proposât quoi que ce fût sans contrepartie. Des fortunes se faisaient chez les prêteurs. Ici comme dans toute la Savoie, la plupart des familles étaient endettées, certaines ne pouvaient payer leur fermage et accumulaient les arrérages, d'autres beaucoup plus nombreuses vivaient de prêts sur gage, hantées à l'idée d'être saisies de tout ou partie de leur récolte, de leur maigre cheptel, parfois aussi de leurs biens mobiliers. Et les collecteurs n'étaient pas les derniers à faire main basse sur tout ce qui pouvait être monnayé. Au nom des communautés ecclésiastiques, des seigneuries ou des familles bourgeoises, ils réclamaient leur dû sans ménagement, que le débiteur fût une femme, une veuve, ou une famille sans autres ressources que le crucifix que l'on brandissait pour faire barrage à la saisie.

Résignée, Angeline baissa les yeux, vaincue déjà, soumise par avance à une demande à laquelle elle se savait condamnée. Donner son corps lui répugnait, elle s'y résolut pourtant.

— Voilà, reprit Valaire, après un temps d'hésitation, c'est que mon fils parle pas.

— Il est trop jeune ?

— Non, il est haut comme ça, dit-il avec un geste de la main, mais il a ni la parole ni l'oreille.

— C'est Dieu qui l'a voulu, murmura Angeline, consolante, soulagée aussi que la demande de Valaire portât sur un domaine domestique et sur rien d'autre en apparence.

Pour faire bonne mesure, le contrebandier se mit à raconter. À inventer surtout. Il mélangeait le vrai et le faux avec un souci permanent du détail, faux de préférence. On ne le connaissait que trop ici et beaucoup pouvaient éventer ses racontars, alors il s'inventa une vie ailleurs, au-delà du Valais quand il allait chercher son sel. Il parla de cet enfant, orphelin de mère pour lequel il cherchait une famille le temps de ses absences. Sa nourriture, il l'apporterait. Ses nippes, il les dénicherait. Et s'il y avait abondance, on donnerait aux autres, aux enfants, à elle aussi et à tous ceux qui auraient besoin.

Dans la hiérarchie des péchés, Valaire plaçait le mensonge très bas. À peine si dans son esprit travestir la vérité ou la recoudre au gré des circonstances méritait le reproche. Une fois expliqué comment il voyait l'avenir, il demanda :

— Alors, t'acceptes ?

— Ma foi, vu comme ça…

— C'est bon, t'es une bonne fille, dit-il en forme de remerciements.


La croix était en place lorsqu'il sortit. Les hommes la maintenaient à l'aide de cordes tressées qu'ils avaient enroulées autour de troncs pour se donner le temps de souffler. Haute de trois toises au moins, la croix effleurait les premières branches des épicéas.

— Il faudra ébrancher tout autour, recommanda le chanoine, triomphant dans cet instant fait de force et de faiblesse.

Il aurait aimé en dire davantage sur le symbole de la croix, expliquer en quoi cette force invisible les protégeait désormais, comment ce long poteau inclinait à regarder en soi, à avouer ses péchés, à se repentir. Avare de mots subitement, il voulait d'abord que tout fût en place avant. Que les habitants de cette modeste communauté reprennent espoir avant de se consacrer à l'amour de Dieu.

Tout à sa satisfaction d'être le berger de ces hommes et femmes, il se perdit dans une prière qui annonçait le renouveau après que Dieu avait infligé aux hommes épreuves et tourments. Tous y croyaient, les yeux au ciel ou le regard en terre.

Seul Valaire regardait la croix. À un moment, il se cala pour mieux l'observer, mais, avant d'avoir eu le temps de réfléchir, hurla :

— Dégagez, bon Dieu, foutez le camp de là !

Le chanoine n'entendit pas, les autres non plus. D'un bond, Valaire se rua sur l'un des haubans sur le point de lâcher. Sans rien d'autre que ses mains, il enroula la corde autour de son bras et tenta seul de la maintenir. Il avait beau s'arc-bouter contre le tronc, la croix continuait à pencher. En dépit de sa force de cheval, ses bras ne pouvaient tenir ainsi bien longtemps, il le savait, le sentait.

— Bon Dieu de bon Dieu… à moi vous autres !

Les regards se tournèrent. Le seul qui comprit de suite ce qui se passait fut Berthod, l'homme qui avait failli mourir étouffé dans un four à pain. Les deux bras écartés, il repoussa les visages et les mains en prière vers l'extérieur de la placette et se rua auprès de Valaire.

— Tire par là, ordonna le contrebandier, les tempes prêtes à éclater sous la pression du sang.

Son bras était déjà à demi écrasé contre le tronc.

— Un bois ou un manche de hache, vite, supplia Valaire.

L'autre agissait par instinct. Pas besoin d'explication, il avait compris que la corde était en train de scier le bras du contrebandier. Les chairs faisaient tampon mais l'os allait se briser d'une seconde à l'autre.

Dans un réflexe, il décrocha sa goyarde portée à la ceinture et tenta d'en passer le manche sous la corde. Impossible. Il saisit alors une branche qu'il trancha de biais d'un seul coup de serpe et réussit à l'enfiler sous la corde pour soulager Valaire.

Celui-ci soufflait du nez et de la bouche. Ce combat-là, il ne l'avait jamais mené. Lui revint alors en mémoire le souvenir du jour où ils avaient coincé, lui et ses compères, un gabelou aux confins du col de Cou. Un homme dur, une fève comme cerveau et des yeux qui ne transpiraient pas la pitié. Un gars d'ailleurs, de Vallorcine ou de plus loin encore, on n'avait jamais su, qui se vantait d'avoir occis deux jeunes contrebandiers de Samoëns, deux frères, dont on n'avait jamais retrouvé les corps. Valaire non plus ne lui avait accordé aucune pitié.

Ils le firent asseoir face à un tronc dont ils entaillèrent le bois à coups de hache, y placèrent des coins, puis lui coincèrent les doigts de force dans l'entaille.

— Chante maintenant, lui ordonna Valaire en lançant un monstre coup de pied dans le coin pour le faire sauter.

L'autre ouvrit la bouche de surprise, puis de douleur avant de se mettre à hurler comme un porc à l'égorgeoir. Au second coin qui sauta, il comprit qu'il allait crever là, sans aide autre que celle de Dieu s'il voulait bien l'assister.

Retors, il essaya une dernière fois de sauver sa peau.

— J'vous donne les heures, haleta-t-il, et les lieux de passage des patrouilles.

— Donne toujours, répondit Valaire, goguenard.

Il donna, plus qu'il n'en savait, plus qu'il ne pouvait. Le contrebandier et ses hommes l'abandonnèrent pourtant, ignorant ses cris et ricanant à ses suppliques.

Cette fois, les choses ne se présentaient pas de la bonne manière. La pauvre branchette n'avait pas résisté longtemps, écrasée tel un aubier frais, elle s'effilochait d'instant en instant. Valaire grognait, une main nouée sur le haut du biceps pour tenter de contenir la douleur.

— Coupes-y, ordonna-t-il brusquement à Berthod. Vas-y, prends ma hache.

— Couper quoi ?

— Mon bras, pardi !

L'ancien charretier refusa.

— Bouge pas, lui dit-il, en le soutenant. Si tu tiens deux minutes de temps j'vais t'arranger ça.

En deux coups de gueule, Berthod organisa les secours :

— Quatre hommes aux haubans, ordonna-t-il, et tirez en cadence, doucement hein, doucement.

En même temps, il se fit apporter trois ou quatre coins de bois, taillés la veille pour caler la croix, une fois mise en terre. De belles pièces d'acacia, appointées, longues d'une demi-coudée, fine comme il le fallait.

— J'ai ce qu'il te faut, dit-il à Valaire, bouge pas, j'en glisse un.

Valaire supplia :

— Fais vite...

Pour placer le coin sous la corde, Berthod tapait du poing, Valaire grimaçait, les dents serrées sur ces gens foutre incapables de mener à bien une besogne.

Au deuxième coin glissé, Valaire commença à sentir l'étau se desserrer.

— Vas-y mon gars, force avec tes coins, t'occupe pas de moi.

Berthod avait les gestes justes. Il s'y prenait bien, sans affolement, autant avec les bois qu'avec la corde. Quand il jugea le garrot suffisamment desserré, il prit le bras de Valaire pour l'aider à le faire bouger.

— Tire doucement et remue tes doigts.

Valaire s'exécuta, surpris qu'on lui vînt en aide. Une fois la corde parvenue à hauteur du poignet, il sentit le sang revenir dans son bras et son épaule.

— Bon Dieu, sans toi, mon bras y passait.


C'est à cet instant que Valaire vit le chanoine le dévisageant, le front haut, l'autorité soupçonneuse.

— Que t'arrive-t-il ?

Valaire s'apprêtait à répondre quand il agrippa les yeux d'Humbert. Un regard noir grimaçant de l'intérieur, comme s'il se réjouissait de l'accident, ravalant Valaire au rang de pauvre pécheur. Et puis très loin au fond de lui, une lumière noire comme le rappel d'une promesse à laquelle Valaire s'était engagé.

— Rien, répondit Valaire, il m'arrive rien.

Puis il ajouta :

— Mais c'est pas bon présage, mon père, une croix qui tombe toute seule. C'est pas bon présage du tout.

# 12

Les jours suivants, Valaire resta au campement, participant aux travaux à hauteur de ce que son bras valide pouvait. Plusieurs fois, il avait surpris le chanoine Humbert à l'observer comme si entre eux le pacte conclu était désormais entaché de soupçon.

Hans, l'enfant de Valaire, avait surpris tout le monde par sa présence. Personne ne connaissait ni ascendant ni descendant au contrebandier. Et pour ce qui était de la fratrie, il avait bien eu un frère, dont on disait sans que personne ne pût l'attester qu'il avait fini pendu en Languedoc pour propos hérétiques.

Valaire éludait quand d'aventure on lui parlait de son passé. Bien que son bras ne lui permît pas d'agir comme bon lui semblait, il organisa deux sorties, de nuit, en compagnie de Berthod avec qui il s'était pris d'amitié, accompagné chaque fois de Hans qui ne le quittait plus d'un pas. Comme il l'avait imaginé, ils rentrèrent chaque fois chargés de sacs de grain, de farine, d'huile, de fèves, d'outils et de quelques bêtes, vaches ou génisses, qu'ils avaient pu sauver des eaux.

Le chanoine observait, suspicieux, contrarié à l'idée de se faire déposséder de l'autorité conférée par sa charge. Il voulut organiser la distribution, Valaire y coupa court :

— C'est moi qui trouve, c'est moi qui donne.

Et en même temps, il arrangeait au mieux ceux qui étaient le plus dans le besoin, écartant les resquilleurs et les manœuvriers, aidé de Berthod auquel s'était joint le rouquin, indécis au départ, puis convaincu de la capacité de Valaire à organiser le campement.

Très vite les hommes se répartirent les tâches. Un four à pain fut construit un peu à l'écart dans une petite combe herbeuse. Pour son emplacement, on consulta le chanoine sans pour autant lui laisser le choix d'une autre solution.

– C'est là qu'il faut le mettre, décréta Valaire, la chemise dépoitraillée, la hache à la main, entouré de ses hommes.

On l'aurait dit à la tête d'une troupe de malandrins, coiffés à la diable, affublés de nippes terreuses et sales. Le travail se faisait, le courage revenait. Beaucoup d'entre eux sentaient grandir entre eux une fierté confuse, mélange d'espoirs, de lendemains fertiles et d'ambitions nouvelles. Le découragement des premiers jours avait fait place à une envie à laquelle Valaire n'était pas étranger. Si dans les premiers temps les contacts avaient été rugueux, les hommes s'étaient vite habitués à l'homme, à sa brutalité, ses coups de gueule, sa façon d'être, à cette fraternité aussi qui naissait dans l'effort, et pour tout dire à la sécurité que leur apportait sa présence.

Dans la journée, l'affaire du four à pain fut réglée. Des galets, de la glaise, un toit de tavaillons, une resserre à bois dressée en forme d'appentis. Un four des plus simples qui tiendrait bien le temps qu'une autre construction plus solide, mieux ouvragée, fût entreprise, car désormais le temps jouait contre eux.

Depuis plusieurs jours, les hommes interrogeaient le ciel, essayant de lui voler ses secrets. La nuit, les gelées commençaient à étendre leurs longues nappes festonnées d'écume blanche qui croustillait sous les pas. La chaleur de la journée en venait vite à bout, surtout sur le coteau sud où la communauté s'était installée.

Mais ce n'était qu'un vain combat. Là-haut sur les sommets, la terre se recroquevillait chaque nuit un peu plus sous les assauts du gel. Que le vent se mette à tourner et le ciel à brasser ses masses cotonneuses et la neige serait vite là. C'était cela que redoutaient les hommes.

Si les travaux avaient pris de l'ampleur depuis que Valaire était à la manœuvre, tout n'avançait pas aussi vite qu'il l'aurait fallu. Des conflits naissaient, des chamailleries entre femmes, des différends pour un rien d'espace ou un reste de grains. La peur s'installait aussi ; non pas celle de l'hiver mais celle de manquer.

En cela, l'attitude du chanoine n'arrangeait pas les choses. Une fois la croix dressée, il fallut dessoucher autour, araser, ramasser racines et cailloux pour faire une place digne d'un lieu de prière. Les premiers offices eurent lieu, auxquels toute la communauté participa dans une dévotion soumise, reconnaissante au chanoine d'en être le berger, rassurée que Dieu voulut bien leur accorder Sa miséricorde, démunis qu'ils étaient, sales et si peu dignes selon eux d'encore espérer la grâce du ciel.

Valaire observait, de loin, comme à l'accoutumée. Quand, pour la première fois, Humbert évoqua la nécessité de construire une chapelle, il sentit ses tripes se nouer. Il tenta d'intervenir :

– Mon père…

– Plus tard, répondit de loin Humbert, comme on congédie un valet.

– Pour la chapelle, on peut pas…

– Plus tard, je t'ai dit, coupa le chanoine avec un mouvement de manche qui muselait, selon lui, toute tentative de discussion.

Après l'office, Valaire revint à la charge.

— Mon père ?

— Quoi donc, encore ? s'impatienta l'homme d'Église qui allait à grands pas en direction de la petite cahute qu'il s'était fait bâtir un peu à l'écart.

Dire qu'il avait rechigné à la besogne pour la construire aurait été faux, il s'en était occupé, mais à sa manière, arpentant l'espace, la double toise ou la corde à treize nœuds à la main, pour vérifier, adapter, ordonner quand besoin était, mais c'était tout.

— La chapelle, on va pas pouvoir…

— Comment ça ? se renfrogna le chanoine, glacial d'autorité.

On l'aurait dit soupçonnant un blasphème ou pire encore, un reniement, un apostat, un commerce avec le diable. Bienveillante les premiers jours, son attitude s'était muée en une présence sombre, pesante et soupçonneuse à l'égard des hommes, intransigeante envers les femmes.

— On s'y mettra sitôt que…

— Non.

Le mot claqua comme un coup de fouet. Pour asseoir sa réplique, l'homme d'Église entama une longue mise en garde au cours de laquelle il évoqua la supériorité de l'âme, sa rivalité avec le corps, simple enveloppe sujette aux tourments et aux tentations. Peu digne en somme de tant d'efforts.

— Au travail, conclut-il, Dieu le veut ainsi, il en va de votre salut à tous, ne l'oubliez pas et soumettez-vous à votre Sauveur, c'est grâce à Lui que vous êtes ici, vivants et protégés.

Valaire aurait voulu parler de l'écurie à construire pour le bétail dont il ramenait chaque jour quelques têtes supplémentaires, lesquelles s'entassaient à couvert, avec pour seule protection les branches basses des épicéas. De ce projet de magasin commun aussi dont il avait tracé les plans avec Berthod. Une grande bâtisse tout en longueur où il remiserait les vivres à l'abri des nuisibles, solidement tenus sous clé, gardés par le rouquin qui avait prévu d'y aménager une pièce au fond pour s'y installer. L'urgence était là, tous le savaient.

— Ce sera la chapelle et rien d'autre, trancha le chanoine.

Et pour conclure, il se signa face à la croix d'un geste ample, lent et menaçant, le regard pointé haut vers le ciel et la toute-puissance que lui conférait sa charge ecclésiaste.

Valaire comprit que c'était sans appel. Dans cette communauté, le chanoine avait autorité sur les âmes et savait en user. Ouvrir un conflit avec lui avait tout lieu de mal tourner, l'homme d'Église obtiendrait aisément son bannissement, si ce n'était pire. Mais quand allaient arriver le froid et les premières privations, il en serait tout autrement. Durant le travail ou en maraude, il sentait déjà monter la confusion des sentiments à l'égard du chanoine, difficile partage entre la soumission obligée et la rébellion maîtrisée.

Valaire ne dit mot de l'échange et se remit au travail. L'après-midi même, on abattit à force de bras tout ce que les futaies alentour comptaient de jeunes troncs d'épicéas. L'intérêt était double : éclaircir le sous-bois et ainsi pouvoir mieux surveiller les abords du camp et disposer au plus vite de bois d'œuvre.

Tous ici savaient s'y prendre avec les haches pour abattre, ébrancher et équarrir. En revanche, les passe-partout et les scies de long faisaient défaut, restés dans les décombres des fermes. Une seule avait été retrouvée que les hommes affûtèrent avec attention, soucieux d'enlever le moins possible de métal et ainsi ne pas prendre le risque de fragiliser inutilement la lame.

Pour gagner du temps, il fut convenu qu'on débiterait les billons directement sur place pour ensuite les assembler à mesure des coupes. Pour l'une comme pour l'autre de ces tâches, Valaire était à la manœuvre, dirigeant, houspillant, encourageant, aidant et soulageant souvent. Sans que personne ne s'en rendît compte, la peur et la défiance des premiers jours s'étaient muées en un respect teinté d'admiration. On ne se détournait plus de lui, on l'écoutait. On ne le craignait plus, on s'en rapprochait.

Étonnamment, lui, ne voyait rien. Tout à sa tâche, il laissait son corps se vider de son trop-plein de forces jusqu'à sombrer le soir venu dans un engourdissement où le mal n'avait pas plus de place que le bien. Les choses avançaient, c'était pour lui l'essentiel.


Le seul à ne pas lui accorder la moindre estime était l'ancien syndic, homme maigre et retors, dont le teint jaune et gris traduisait l'état de son foie et le débordement de ses humeurs.

La chapelle fut construite, qui se révéla trop petite pour accueillir les trente-six membres que comptait désormais la communauté de refugiés. Il avait fallu faire vite, s'accommoder de la longueur des troncs et du manque d'outils. Valaire l'avait vu dès le début mais n'en avait rien dit.

— Y aura qu'à rester dehors, avait-il décrété, s'incluant dans ceux qui souffriraient la neige et le froid sans grands regrets.

Pour les fenêtres, on tendit de la panse de vache sur un bâtti et on l'enduisit de graisse. Le froid ne passerait pas, la lumière non plus. En l'absence de chandelles, deux lampes à huile firent l'affaire, placées de part et d'autre de l'autel, simple planche fixée sur des billots à l'aide de clous en bois.

La chapelle terminée, Valaire annonça :

— Je m'en vais pour trois jours…

— Où ça ? s'alarma le rouquin, devenu au fil des jours l'homme de main du contrebandier.

Pas une besogne ne lui échappait. Dur au mal, capable d'assurer le travail de trois, fidèle, résistant et honnête, Valaire l'estimait pour ce qu'il était : un homme simple et sans malice. S'il n'y avait eu sa proximité avec le chanoine, il en aurait fait un complice.

— Là-haut, montra Valaire d'un coup de menton, évasif.

L'autre resta bouche ouverte face à la ligne de crête.

— Fais gaffe, la neige peut venir vite, maintenant.

— Justement, c'est temps d'aller au sel, avec toute cette viande entassée depuis des jours ; fumer c'est bien, saler c'est mieux

À l'idée de contrevenir à la loi ou de se rendre à la cause des contrebandiers, le rouquin battit en retraite. Il y avait des combats qui n'étaient pas faits pour lui, et singulièrement ceux où il fallait enfreindre les lois, qu'elles fussent de Dieu ou des hommes. Il replaça ses cheveux en arrière de son crâne sans même se rendre compte de son geste et revint à la discussion.

— Attention à toi Valaire, c'est traître par là-haut.

Le faux saunier le dévisagea. C'était la première fois depuis longtemps, depuis toujours peut-être, qu'on s'inquiétait pour son départ.

Il s'approcha du rouquin, et lui dit :

— T'en fais pas, mon gars, le danger, il est plus ici que là-bas. Alors, les tours de garde, hein…

— T'inquiète pas, j'ai compris, rassura le rouquin, pas revanchard, rengorgé d'un seul coup d'une autorité qu'on ne lui avait même pas confiée.

Et dans un geste oublié depuis longtemps, Valaire s'approcha de lui et lui appliqua trois tapes sur l'épaule, manière de l'accueillir, sans le lui dire, dans sa fraternité de coupeurs de chemin.

— Dans trois jours, je suis de retour.

# 13

Ils partirent à la lune morte. Un ciel bâillonné, sans lune ni étoiles, sombre, dense comme Valaire les aimait. Un sol souple, pas encore gelé, qui avalait le bruit des pas et ne le rendait pas.

Au côté du contrebandier, Berthod, l'homme de tous les coups depuis son installation au camp. Il trouvait de la sorte de quoi rassasier ses envies d'espace et d'aventure. Si un temps le métier de charretier lui avait permis d'ouvrir une fenêtre sur un autre monde, il avait vite déchanté. Les charrois qu'on lui confiait se limitaient au Faucigni, parfois quelques-uns le menaient dans la vallée de l'Arve, rarement au-delà.

Les deux hommes avançaient vite. Le cours du Giffre fut remonté en direction du Fond de la Combe, ainsi appelé parce que, passé le massif du Tenneverg, la montagne se refermait sur elle-même, formant un barrage naturel. Un mur que l'homme avait su apprivoiser en y taillant un chemin qui n'en finissait pas de grimper. L'un comme l'autre savait marcher. Peu chargés, juste des cordes et des toiles de chanvre pour porter le sel, une topette de gnole, un coin de pain et un reste de sérac, ils avançaient l'un derrière l'autre.

Au sortir de chaque lacet, leurs yeux fouillaient le ciel. Tout y était écrit, pour qui savait le lire. Un manteau de nuages barrait l'horizon, là-haut aux confins des cimes et du ciel, si noir que le regard s'y perdait.

— Ça sent la neige, lâcha Berthod, fataliste.

Pour toute réponse, un raclement de gorge.

— T'entends ?

— Oui...

Valaire aurait tout aussi bien pu répondre non. Il allait sans bruit, presque sans mouvement, s'efforçant d'écouter la nuit en même temps qu'il marchait. Même si les cascades, dans cette partie du massif, étaient moins nombreuses, on en percevait encore le souffle, lourd et fluide à la fois, masse d'eau s'affalant sur les parois, et poussières humides caressant la roche comme des cheveux de pluie. Un immense remuement qui nourrissait la nuit de sa présence depuis la nuit des temps.

Au moment de s'engager dans une petite sente qui coupait court entre deux virages, Valaire tira Berthod à lui et le plaqua au sol sans prévenir, une main sur la bouche pour l'empêcher de crier.

— Bouge pas, ordonna-t-il.

Tenu au sol, l'autre aurait voulu se relever qu'il n'aurait pas pu. La joue contre terre, il était à la merci du contrebandier, encombré d'un seul coup d'une force devenue inutile.

— Écoute...

Berthod écouta.

— T'entends rien ?

— Non, fit-il en chuintant ses mots entre les doigts de Valaire.

Le contrebandier relâcha son étreinte, lentement, pour ne pas risquer un faux geste, avant d'ajouter à voix basse :

— On marche par en dessous.

160

Berthod écouta à s'en lisser les tympans. Il ne percevait aucun son, autre que ceux ordinaires de la nuit. Dans cette partie du massif, les ours n'étaient pas rares. Même si, d'ordinaire, ils préféraient les espaces plus boisés des hauts du Frenalay, peut-être avaient-ils été dérangés par l'avalanche.

Berthod tenta de se mettre sur un coude pour mieux écouter. Valaire l'en empêcha et le maintint au sol :

— Ça approche, murmura-t-il.

Cela faisait plusieurs fois depuis leur départ que le contrebandier était pris de doutes. Une pierre ou une branche qui remuait, pas grand-chose en apparence, avait suffi à le mettre en alerte. La nuit était comme un voile, fragile et doux en apparence, mais qu'un accroc vînt à s'y produire et tout le cours des choses s'en trouvait dérangé. Cette fois, le doute n'était pas permis.

— T'entends ?

— Oui...

Le bruit approchait, de plus en plus distinct, léger encore, mais cadencé et têtu. Valaire se laissa glisser dans l'herbe du fossé et déposa son sac. Il empoigna sa hache, comme il l'aurait fait d'un gourdin, pour frapper aux jambes et tenir l'adversaire à distance. Ainsi tapi dans l'ombre du talus, il savait qu'au moins l'effet de surprise serait en sa faveur. Fidèle à sa manière d'agir, il attendit que la silhouette fût à sa hauteur et, d'un bond, se rua dessus.

Il n'y eut pas de combat. Dans un seul mouvement, l'ombre fut plaquée au sol et immobilisée. Valaire retourna le corps comme une bale de chiffons avant de se précipiter les deux pouces en avant pour écraser les jugulaires. Le râle qu'il entendit le fit frémir.

— Qu'est-ce c'est ?

— Laisse, le retint Berthod, tu vois bien que c'est un gosse.

— Bon Dieu… c'est Hans.

Valaire sentit ses jambes le lâcher et tomba à genoux, inquiet subitement. Inquiet de tout, de sa force qu'il ne pouvait maîtriser, du jugement de Berthod, de l'état de l'enfant, du regard du chanoine, de lui-même surtout et des possibles conséquences de son acte.

De la main, il caressa le visage du gamin, passa ses doigts dans la chevelure crasseuse puis s'approcha pour sentir sa victime. L'odeur de l'haleine lui donnait des indications. Il agissait toujours ainsi dans un combat, quand l'adversaire haletait et se sentait en danger, son haleine virait à l'aigre. Quand il reprenait force, elle redevenait neutre.

— Ça sent rien.

— Quoi ?

— Il va revenir, confirma Valaire, frotte-lui la nuque avec une poignée d'herbe. Moi j'y fais pareil sur les bras et le poitrail.

Il ne fallut pas longtemps à l'enfant pour retrouver ses esprits. Ses yeux s'ouvrirent, son sourire suivit. Comme si l'épreuve qu'il venait de vivre fût sans importance, comme si le risque de perdre la vie entre les mains de Valaire fût un jeu. Pas diminué le moins du monde, il se remit sur pied, quémandant des yeux auprès de Valaire l'autorisation de se joindre aux hommes.

— Qu'est-ce qu'il veut ? demanda Berthod.

— Nous suivre, pardieu.

— Et t'en dis quoi, toi ?

Le contrebandier n'avait pas l'expérience de ces moments-là. À Angeline Charmoz, il avait seulement demandé que l'enfant restât sous sa surveillance le temps de son absence. Pour autant, il n'en voulait pas à Hans de s'être enfui. Il n'était pas fait pour vivre dans un campement, il le savait d'instinct.

162

— Il va nous suivre de toute façon, fit Valaire, le sourcil cabré mais la trogne fataliste.

— Et tu crois qu'y va avoir les jambes ?

Berthod pensa à ses enfants endormis au campement, guère plus jeunes que le petit Hans, bien incapables à leur âge de marcher si longtemps. Mais puisque Valaire semblait y tenir, il se rendit à sa décision.

La suite du parcours se fit sans encombre. D'évidence, l'enfant appréciait d'être là, au côté des hommes, sans pourtant savoir vers quoi il se rendait. Peut-être l'avait-il deviné quand, dans l'après-midi, il avait regardé le contrebandier étendre ses sacs de chanvre et les forcer du poing pour vérifier leur solidité.

Plusieurs hommes avaient tenté de se joindre à Valaire. Certains usant de ruse, d'autres prétendant à une expérience imaginaire, les derniers assurant pouvoir porter lourd, plus que les autres en tout cas. Étonnamment, le contrebandier ne s'était pas emporté pour leur répondre. Il avait éludé, repoussé à une autre fois.

Avec Hans, il était calme également. D'ordinaire, il l'aurait torgnolé avant de le renvoyer au campement. Pas cette fois. À vrai dire, il n'en avait même pas eu l'idée comme si brusquement la présence de l'enfant s'était imposée d'elle-même. Sa préoccupation était de savoir comment il allait supporter le froid, une fois là-haut sur la ligne de crête. Mal vêtu, mal chaussé, le gosse marchait comme si de rien n'était ; les jambes et les bras nus semblant être son ordinaire.

Ils allèrent ainsi tous trois, s'accordant peu de pauses, seulement de temps à autre, quelques instants adossés aux rochers pour reprendre haleine et écouter la nuit.

Là où ils se trouvaient, le souffle des cascades était effacé, remplacé par un murmure mouillé, lointain, pareil à une poitrine soupirante. L'air commençait à piquer. Mais ce n'était rien encore. Là-haut, le vent de cime était sans doute déjà à l'œuvre, en train d'affûter ses rasoirs. Valaire s'arrêta.

— Viens là, dit-il à Hans.

Celui-ci fit demi-tour et s'approcha sans avoir pourtant rien entendu. Il y avait une confiance naïve dans son regard, mêlée d'admiration et de quelque chose d'autre, indéfinissable. Peut-être aurait-il fallu parler d'amour, mais le mot était de trop dans cette immensité minérale, froide et noire.

Une fois l'enfant en face de lui, Valaire se sentit à court de mots. Il aurait voulu exprimer ce qu'il ressentait, un trouble fait de doute et de fierté. Il aurait aimé dire aussi qu'il appréciait d'être là avec lui, mais inquiet des heures à venir. Il ne dit rien. Tendit seulement la main vers le visage de l'enfant.

— T'as froid, hein ?

Hans souriait. Les mains sous les aisselles, il tentait de dissiper les craintes du contrebandier en remuant la tête de droite à gauche.

— Ça va pincer fort par là-haut, fit-il, la caillante du sang, tu sais ce que c'est, hein…

Ce n'était ni une question ni une affirmation, mais avant tout une certitude. Là-haut le vent courait en toutes saisons sur les arêtes, s'effilant, s'écorchant, s'affûtant. Et quand il prenait de la voix, on entendait les orgues chanter qui vrillaient la tête et remontaient les tripes dans la gorge. Force et beauté contre peur et laideur. Tout cela Valaire ne le savait que trop. Pour tout secours, il prit les mains du gamin. Glacées. Lui tâta les jambes, les cuisses, les épaules. Pareilles.

Alors, il sortit de sous sa ceinture une pièce de toile qu'il gardait roulée autour des reins, du lin sans doute, et enveloppa l'enfant avec. Le poitrail, le ventre, les épaules, tout fut couvert. On l'aurait cru au chevet d'un blessé, attentif

164

aux plis, soucieux de bien appliquer l'étoffe pour ne pas risquer qu'elle roule et vienne gêner la marche.

– Ça va comme ça ?

Le gosse se garda du moindre grognement même pour dire sa satisfaction. Les mains derrière le dos, il était raide et fier. Étonné que l'on s'occupât ainsi de lui, reconnaissant sans doute aussi à Valaire de ne pas l'avoir renvoyé au campement.

Puis le contrebandier plongea la main dans l'une de ses besaces et en extirpa un sac qu'il passa devant ses yeux comme on mire un œuf dans la lumière.

– Il est mûr, celui-là, dit-il, tiendra plus bien longtemps.

Et d'un coup de couteau, trancha l'étoffe qu'il finit de déchirer à la main.

– C'est guère chaud mais ça protège.

En parlant il empila les deux morceaux de sac l'un sur l'autre avant de les poser sur la tête du gamin. Les ajusta tranquillement. Les deux triangles, avec leur langue débordante, donnaient l'illusion d'un chapeau, la chaleur en moins. Mais au moins ils protégeraient si d'aventure le brouillard se mettait de la partie sur la fin de la nuit.

Tout le temps que durèrent ses préparatifs, Berthod ne dit mot. Il s'étonnait de la soudaine sollicitude du faux saunier, plutôt habitué à ignorer ou à brutaliser les autres. Il l'avait même vu, quelques jours plus tôt, houspiller des enfants, la mine mauvaise et la main leste. Là, rien de tout cela.

Quand tout fut près, Valaire donna l'ordre du départ. Lui devant, le petit Hans sur ses talons, Berthod fermant la marche. Cela avait été décidé en raison des pièges tendus par les gabelous, lesquels avaient pour habitude de poser des pierres bancales sur le chemin. Le bruit d'une pierre déplacée portait loin dans la nuit. Un signal pour eux qui étaient installés à deux ou trois dans des cahutes à l'abri du froid et du vent. Valaire les connaissait, ces pièges, et quand bien même seraient-ils de temps à autre déplacés, un simple regard lui indiquait où devait tomber son pied. Dans le doute, il préférait la terre ou l'herbe à une dalle accueillante, piège parfait pour qui ignorait ces pratiques.

Ils allèrent ainsi durant plusieurs lieues. Une fois contournés les Bécards, ils tirèrent franc nord par la montagne de Sageroux. En dépit de l'air coupant, personne ne rechignait à la marche comme s'il fût acquis que leur vie dépendait de leurs pas, de leur rythme, du silence aussi. À part le ciel de nuit et les découpes grossières des sommets, rien n'avait de relief. On sentait que la pente prenait de l'angle aux jambes qui tiraient un peu plus fort, mais aucun repère ne venait le confirmer.

À un moment, Valaire s'arrêta, la main levée pour faire signe à Berthod de le rejoindre. Il lui montra du doigt :

— Là-bas, y a une cabane de pierre.

— Où ?

— Là-bas au bout de ma main, dans le fond de la petite combe.

— Oui et alors ?

— On va s'arrêter une paire d'heures.

Berthod fut surpris, mais ne releva pas. Valaire se moucha dans sa main, sans aucun bruit, avant de poursuivre.

— J'y rentre en premier… Si des fois il y avait du grabuge, tu files avec Hans, moi je les esquinte à coups de hache.

— Tu crois qu'ils sont là ?

— Peux pas dire, y a des silences qui m'plaisent pas.

— En bas, t'as entendu ? s'inquiéta Berthod.

166

— Oui, c'était peut-être un nuisible qu'on a dérangé, ça grattait, ça faisait le bruit d'une bête. Alors, comme on a dit, hein, si ça chauffe, tu files avec Hans.

Berthod acquiesça d'un coup de menton.

Valaire se retourna brusquement vers lui.

— Et Hans, où qu'il est ?

— Là…

Les hommes tendirent les mains pour tâter la nuit, appelèrent à voix chuchotée.

— Pisse Dieu, où qu'il est parti, celui-là ?

Ils revinrent sur leurs pas pour voir si des fois l'enfant ne serait pas resté plus bas au moment où Valaire avait donné le signal de l'arrêt. Rien. Le contrebandier avait beau inspecter les herbes hautes pour tenter d'identifier un passage, rien ne semblait avoir été foulé aux pieds.

Brusquement, il changea de visage. Sa tête des mauvais jours : trogne tordue, lèvre retroussée, l'œil en maraude. Et puis tout s'apaisa.

— J'sais où il est…

Sans attendre Berthod, il partit en direction de la cabane. L'enfant était bien là, flairant l'entrée, palpant la pierre pour l'écouter.

Avant que Valaire ne l'eût rejoint, il s'enfila dans l'entrée, sans un bruit. Le contrebandier admirait, il savait que c'était la bonne manière de s'y prendre sans jamais l'avoir montré à l'enfant, sans lui en avoir parlé, sans rien lui avoir expliqué.

Quand le gamin ressortit, son visage riait à la nuit. Ses yeux brillaient. Il semblait heureux de donner quelque chose qui lui appartenait, comme pour un échange dont il savait ne pouvoir assurer l'équilibre. Valaire n'eut pas le cœur de le sermonner. Enfant, il faisait de même sans avoir besoin de l'avis des autres. Il n'avait d'ailleurs pas à réfléchir sur la façon de s'y prendre. Cela lui venait seul, comme une eau coule de la roche, sans se demander par où passer.

Une fois à l'intérieur, Valaire inspecta, flairant fort, touchant partout pour s'assurer qu'aucun corps, vivant ou mort, n'y fût endormi. Quand tout fut vérifié, il sortit pour placer quelques pierres branlantes sur le chemin.

Les sacs avaient été posés dans un coin, Valaire prit seulement sa hache avec lui et alla s'installer à l'entrée, sur un reste de foin.

— On dort une heure ou deux avant le jour.

— Ma foi, fit Berthod fataliste, plutôt enclin à la concession qu'à la querelle.

Ici, sur une terre qu'il ne connaissait pas, mieux valait composer que de s'opposer.

Valaire regardait la nuit. Voyait Berthod à portée de main, son visage grappillait le froid bleuté échappé de la nuit, à peine de quoi lui surligner le menton et les pommettes. Un homme juste et bon. Pas comme lui qui mentait à chaque heure. Pas comme lui qui n'avait pour règle que celle des voleurs. Alors il se mit à parler :

— Berthod, t'es un bon gars, toi...

— Ma foi...

— Laisse-moi te dire. Combien j'ai émondé de gars dans ma vie, j'en sais rien. Souvent ça a été à la loyale, lui ou moi. Y a des fois aussi où j'aurais pu éviter de les occire, je l'ai pas fait, je vais te dire pourquoi. Chez les Hans, on croit en Dieu. Mais aussi dans un tas d'autres choses. Il faut pas, je sais bien, la sainte Bible l'interdit, mais on y fait quand même.

— À quoi donc vous croyez ?

— À tout.

— Comment ça à tout ?

168

— Aux pierres, aux arbres, aux torrents, c'est ça, tout. Vrai ou faux, j'en sais rien, on fait ça depuis toujours. Mon père, mon grand-père et les autres avant lui, tous ont fait pareil. Seulement, il n'aurait pas fallu en parler, pas faire comme mon frère.

— T'as un frère ?

— Oui, il avait le chemin dans le sang celui-là, plus que nous autres encore. Toujours parti, jamais rentré. C'est comme ça qu'il a rencontré des rouliers qui détroussaient les riches.

— C'était loin d'ici ?

— Oui, de l'autre côté des montagnes, vers le couchant. Dans la geôle, il a cru bien faire en parlant à un gardien des pratiques des Hans, ici dans nos montagnes, pour montrer qu'on n'était pas plus mauvais qu'ailleurs. C'est ce qui l'a perdu. Nous, on n'a jamais su ce qu'il avait fait, mais mon père m'a emmené à son procès. C'était loin, on a marché des jours et des jours. Et en fin de compte, on nous a obligés à assister à sa mise à mort.

— Foi de Dieu…, déglutit Berthod.

— C'est la pire chose que j'ai vue. Ils l'ont mis à bouillir vivant dans un chaudron. Sa tête et son torse en sortaient, le reste était enchaîné à des pierres au fond du chaudron. Les yeux de mon frère en train de mourir vivant, ça m'a enlevé toute pitié. Pour toujours.[1]

---

1. Ce supplice était réservé aux coupeurs de chemin qui s'attaquaient aux pèlerins en route pour Saint-Jacques-de-Compostelle. Vêtus de longs manteaux sans manches, ancêtre de la pèlerine, ces voleurs organisés en bandes arboraient une coquille cousue à leur pèlerine ou à leur chapeau pour donner le change. D'où leur nom de « coquillard » qui deviendra plus tard coquin. Le sort qui leur était réservé était à la hauteur du méfait : s'attaquer à un pèlerin avait valeur de reniement de la foi et d'atteinte à la religion.

Berthod tenta de dire l'injustice qu'il ressentait. Il essayait de parler mais l'idée ne venait pas, les mots non plus. Ses joues se gonflaient mimant les efforts de réflexion, puis se vidaient dans un soupir.

Les hommes demeurèrent ainsi un long moment à ressasser le passé. Berthod, avec ses souvenirs d'enfant mis à maître trop tôt, Valaire avec sa haine de l'autorité et de ceux qui la servaient. Quand le froid commença à les engourdir, le faux saunier tira sur lui son manteau en peau de chèvre. Puis se reprit, en écarta un pan et enveloppa le petit Hans endormi contre son flanc.

Dans les vagues grises du sommeil, il commença par se débattre, se reprochant de ne pas avoir parlé à Berthod de ses craintes pour l'enfant. Qu'il vînt à tomber dans un traquenard, qu'il ne rentrât pas d'une équipée nocturne et le petit Hans serait livré à lui-même. Il lui fallait l'assurance qu'un autre, homme parmi les hommes, s'en occuperait s'il lui arrivait malheur.

Sentant le sommeil l'engluer, il voulut s'assurer une dernière fois que son manche de hache était bien à son côté. Il se revit lors de ces derniers convoyages, hommes et femmes couchés au sol dans cette cahute trop exiguë pour eux, corps affalés de fatigue, mouillés de chaud, entassés comme des sacs. À cela s'ajoutait la crainte d'être surpris dans leur sommeil, la peur pour certains de devoir se battre pour échapper aux gapians, lesquels ne nourrissaient pas une bien grande estime pour le genre humain. Il tendit la main, sa hache était là. Plus loin sous son manteau, dont les poils mouillés de brouillard glissaient sous la paume, il trouva la main du petit Hans sur laquelle il referma ses doigts.

# 14

Au campement, le chanoine Humbert décida de prendre les choses en main. À sa manière. En l'absence de Valaire, il se sentait libre de toute initiative. Non qu'il le craignît de quelque façon que ce fût, mais sa manière d'être toujours là, de fouiner, de savoir comment s'y prendre chaque fois qu'une tâche même des plus difficiles se présentait, de dire son fait à qui se mettait en travers de son chemin, avait fini par le déranger et, pire encore, obscurcir ses projets de communauté dédiée à Dieu.

Sans la présence de Berthod et du rouquin, il l'aurait fait bannir du campement dès les premiers jours. Les raisons ne manquaient pas : ses jurons, ses blasphèmes, sa distance avec la croix et plus encore avec les messes auxquelles il trouvait toujours prétexte à ne pas assister auraient suffi. Et cette façon de garder la tête haute et le regard lointain à la manière de ceux qui ne se soumettent qu'en apparence, cette lenteur mise à lever les yeux au ciel pour remercier le Tout-Puissant, cette âme insondable dont il ne pressentait que des versants sombres. Pour tout dire, tout cela l'indisposait. Mais il y avait la promesse faite sur la Bible, Valaire avait juré de ne pas parler et s'y était tenu.

Pour asseoir son autorité et organiser le campement à sa manière, il convoqua les hommes à la fin de l'office du matin. Tous s'assemblèrent, pressentant un changement dont ils ignoraient la teneur, mais dont ils imaginaient sans peine le but.

Après s'être vêtu de propre, Humbert arriva, immense, dans son habit gris-blanc. Pour la circonstance, il se fit apporter un billot sur lequel il monta. Rien n'était assez grand pour la gloire de Dieu et la sienne aussi par conséquent. Dans un geste ample qu'il voulut sans doute autoritaire, il écarta les bras pour ensuite les lever au ciel. Tout y était. Dieu, lui, les hommes serrés dans le froid du matin, un destin commun et une passion partagée pour le Christ.

— Nous avons eu la chance, commença-t-il, de pouvoir construire à temps notre petite chapelle, insuffisante pourtant pour tous vous y accueillir. Quoi de plus important, pourtant, qu'un lieu de prière. Souvenez-vous, notre Seigneur Jésus-Christ accorde Sa miséricorde à qui lui construit sa maison.

Certains hommes des derniers rangs commencèrent à se dandiner d'un pied sur l'autre. Aux charges quotidiennes s'ajoutait désormais l'inquiétude d'un hiver qui piétinait sur les hauteurs et n'allait pas tarder à arriver. Et toujours pas de magasin commun pour entreposer les vivres comme l'avait proposé Valaire, toujours pas d'écurie pour les bêtes qui allaient avoir à souffrir du froid sans autre protection que le couvert des branches d'épicéas.

— Nous allons dédier notre vie à celui qui est mort pour nous, poursuivit le chanoine.

Puis il entama un sermon sur l'impérieuse nécessité de ne pas laisser le corps se soumettre à ce que lui dictent ses instincts.

— S'en remettre à la vérité de Dieu est la seule voie possible en toutes circonstances, asséna le chanoine bras levés.

Les hommes s'impatientaient, piétinant dans la boue. La plupart bataillaient entre la hâte d'en finir et l'envie de savoir quelle tâche allait de nouveau leur être assignée. Ces jours derniers, il avait déjà fallu creuser des fossés autour du campement pour y dresser une enceinte faite de troncs refendus sur toute leur longueur. Devant l'ampleur du travail, des hommes s'étaient rebellés. Il avait fallu négocier, discuter avec le chanoine, lequel n'en avait pas démordu.

— Une enceinte tout de suite, avait-il martelé, autoritaire et froid, devant ceux qui étaient venus se plaindre en délégation, ramassis d'hommes simples, épuisés, inquiets d'avoir tout perdu et de ne rien pouvoir reconstruire qui leur appartînt avant longtemps.

Alors, de guerre lasse, chacun était retourné à sa besogne. Pour satisfaire le chanoine, on avait paré au plus pressé en entassant des branchages, des ronces et des épineux, faute de mieux.

Le chanoine poursuivit sur un ton assuré :

— L'église qu'il nous faut s'élèvera là, indiqua-t-il, la main pointée sur un espace libéré à coups de hache et de houe entre les arbres.

— C'est pas Dieu possible ! s'égosilla Sorlin, un homme tout en muscles.

Des bras comme des rondins, un torse de cheval, des mains crevassées, croûtées de crasse, écorchées dedans et dessus, des ongles pareils à des écorces. Une nouvelle fois, il tenta de parler, levant haut le bras :

— Mon père...

— Pus tard, daigna répondre le chanoine, la main levée pour lui imposer silence.

L'autre ravala ses mots et sa hargne. Depuis son arrivée au camp, parmi les premiers, il n'avait cessé de s'employer au service de tous. Son métier de bourrelier lui valait d'être habile à réparer tout et rien mais lui avait coûté la totalité de ses dents. A force de mâcher le cuir et le fil, de le tirer ou le couper, incisives, canines et molaires étaient tombées. Son sourire l'attestait. Ses difficultés à prononcer les mots le confirmaient.

— Mon père, c'est pas Dieu possible à la fin...

Sorlin ne décolérait pas : trop de besogne en si peu de temps allait tous les mener à leur perte. Cette fois le chanoine consentit à lui donner la parole.

— Oui ? fit-il, glacial, agacé aussi d'être freiné dans son élan mystique qu'il sentait pourtant revenir au fil des minutes.

Le bourrelier expliqua avec ses mots, certains inaudibles tant ils étaient déformés par ses mâchoires trop lisses, d'autres employés à mauvais escient. Si bien que personne ne comprit ce qu'il voulait au juste.

Habile avec les mots autant qu'avec les âmes, Humbert tira immédiatement parti de la situation.

— Que veux-tu ? Explique-toi... et parle lentement.

L'autre était au calvaire. Il avait beau mimer de ses bras écartés les difficultés de tous à vivre ici, s'évertuer à dire quelque chose d'intelligible, ses mots butaient contre sa langue ou son palais. Vaincu, mangé par la honte, il arracha son chapeau et le lança à la face du chanoine.

À peine avait-il terminé son geste, qu'il en mesurait déjà la gravité. Penaud, il s'avança pour ramasser son galure. Un silence froid avait figé les hommes. S'en prendre ainsi à une autorité religieuse, au prieur de l'abbaye de surcroît, valait blasphème, tous le savaient. Lui aussi.

— Tu as injurié la croix...

— Mais non, mon père...

— Tu as injurié la croix ! tonna le chanoine d'une voix qui faisait vibrer les arbres. Et comme tel, tu devras en rendre compte en confession. En attendant, à genoux !

Sorlin s'exécuta, s'imaginant le pire. Le chanoine prit le temps de la réflexion, raide et digne sous sa robe de bure. Il y avait quelque chose d'apprêté dans sa pose, tenant à la fois de la réflexion, du calcul et de l'idée supérieure qu'il se faisait de sa destinée. Après avoir pris le temps de respirer fort, comme on le fait négligemment quand on sait être regardé, il croisa les mains sur le devant de sa poitrine, laissa retomber sa coule et s'enferma un instant dans la prière.

En demi-cercle devant lui, les hommes l'entendaient psalmodier, terrés dans une peur contagieuse. Des mots saisis au hasard, des intonations, un ton grave inclinant à l'inquiétude, tout était réuni pour donner à cet instant la dimension dramatique voulue par le chanoine. L'occasion s'offrait à lui, il n'allait pas manquer de s'en saisir pour asseoir son autorité.

D'un coup de tête, il releva son capuce et se grandit encore les bras écartés prêts à enlacer le ciel s'il l'avait fallu.

— Tu as injurié la croix, fustigea-t-il.

Une accusation, un verdict ou une sentence ? Personne n'aurait su trop dire quel était le sens de ces mots.

— Un tel crime ne peut rester impuni, quand bien même serions-nous les derniers des hommes à défendre Jésus-Christ notre Seigneur. Quand bien même serions-nous les derniers des humains perdus dans cette immensité rocheuse.

Sorlin avait gardé le genou au sol, figé dans une attitude de repentance, redoutant le pire, espérant néanmoins la clémence du chanoine, à défaut d'oser implorer la miséricorde de Dieu. Il attendait, pensant à la besogne laissée en plan, aux charrois prévus avant l'hiver, à sa cahute peuplée de trois enfants et d'une femme chétive que la santé avait depuis longtemps quittée.

— Lève-toi, ordonna le chanoine d'un ton terrible, le buste figé dans une raideur monacale.

Sorlin s'exécuta. Il semblait d'un coup moins musculeux dans ses habits sales, de cette couleur sans teinte que la misère donne aux corps et aux hardes. Tête basse, il attendit que tombent les mots.

— Ailleurs, commença le chanoine, on t'aurait fait donner le fouet pour blasphème. On t'aurait châtié avec rigueur, mais je veux croire en ton repentir... Alors je viens de décider, en accord avec Dieu et devant la croix, qu'il en sera autrement pour toi.

Le chanoine se ménagea le temps du suspense. Au prétexte de déglutir, il s'accorda quelques instants, de quoi remonter ses manches et toiser son auditoire pour lui signifier où était le pouvoir.

— Si les circonstances n'étaient pas ce qu'elles sont, reprit-il, je t'aurais fait conduire dans une geôle à Bonneville ou La Roche... Mais Dieu nous montre le chemin, à chacun de savoir le lire. Pour toi, il n'y aura de geôle que celle que tu vas te construire, seul avec tes mains, et malheur à qui t'aidera dans ton expiation.

Sorlin ne comprenait rien à ce galimatias. Il avait beau saisir les mots les uns après les autres et les aligner dans sa tête, tout allait trop vite. Entre le fouet, la geôle, le bannissement et autres mots entendus ou imaginés, il ne savait au juste à quoi il était condamné.

Il leva les yeux vers le chanoine. Un visage de plâtre, un regard de ténèbres tapi sous les paupières.

— As-tu compris ce que je t'ai dit ? lui demanda Humbert triomphant.

— Non, balbutia le condamné.

— Non quoi ?

— Non, mon père.

— Ce n'est pas de la soumission que j'exige de toi, mais un acte de rédemption, tu comprends cela ?

176

– Oui, mentit Sorlin.

– Tu vas donc construire une geôle en dehors du camp. Sans l'aide de personne, tu m'entends, ni pour scier ni pour lever ni pour assembler. Tu as compris ? Seul...

– Et après ? insista Sorlin.

– Après quoi ?

– Ben, quand j'aurai fini ?

– Après, tu y croupiras le temps qu'il faudra, lui assena le chanoine, évasif.

Sorlin resta agenouillé, comme scellé en terre. Il avait beau déglutir, rien ne passait. Ni sa salive ni la sentence ni le sens de ce qu'exigeait le chanoine. Il n'avait selon lui injurié ni la croix ni le chanoine et encore moins porté atteinte à la sainte Trinité comme semblait l'insinuer l'homme d'Église. Perdu, seul parmi les hommes dont aucun n'avait pris sa défense, soumis, inquiet. N'ayant pas la force de se rebeller, il accepta.

Son buste se creusa davantage, son front se plissa, l'une de ses mains se porta sur le devant de son épaule pour amorcer un signe de croix et il lâcha d'une voix grise :

– Mon père...

– Oui...

– ... Je me soumets à votre volonté.

Le chanoine le regarda un instant du haut de sa grande taille, mais que voyait-il vraiment ? Puis, d'un revers de la main, il le congédia, comme un vulgaire laquais à qui l'on n'accorde même pas un reste d'humanité.


Pendant ce temps plusieurs hommes avaient rompu les rangs pour entreprendre la nouvelle tâche assignée par le chanoine. Agrandir l'église n'était pas sans conséquences. L'aire centrale du campement allait se trouver amputée d'une belle surface. Pire, elle allait se trouver divisée en deux, une séparation propice aux attaques ou aux maraudes nocturnes.

Les hommes devisèrent un instant sur la manière de s'y prendre. La bonne façon de faire conduisait à abattre encore pour agrandir la placette, la volonté du chanoine était qu'ils agissent vite, avant la neige quoi qu'il advînt. Ce qu'ils firent.

À coups de croissant ils défrichèrent un coin de sous-bois, il ne leur resterait ainsi que très peu d'arbres à abattre. Harassés par les journées incessantes de labeur, certains d'entre eux eurent le réflexe de récupérer ces amas de branches et de ronces qui serviraient, faute de mieux, à monter la protection exigée par Humbert. Les retards s'accumulaient, les hommes le savaient mais ne pouvaient faire face malgré l'imminence de l'hiver. C'était acquis maintenant : la neige allait venir d'un jour à l'autre et l'essentiel restait encore à faire.

Pour la construction de la nouvelle église, le rouquin fut désigné pour diriger les hommes.

– De là jusqu'à là, montra-t-il en délimitant à grandes enjambées les limites de l'ouvrage.

Il n'était pas familier des gros chantiers, habitué ordinairement à l'entretien plus qu'à la construction. Et en l'absence de Valaire, il ne savait au juste comment s'y prendre.

De loin, Humbert observait, le regard haut, perdu dans des rêves de conquête agraire et de défrichage de forêts. Ce que jeune il avait connu sur les terres de Bourgogne, il le retrouvait ici, sur ces hautes terres de Savoie, inhospitalières entre toutes mais si propices à la soumission et au sacrifice des hommes.

Seulement, il y avait des règles à respecter et l'architecture exigeait que celles-ci le fussent. Voyant les hommes commencer à mesurer avec des branches taillées à l'estime en pliant le bras et en prenant pour juste mesure ce qui allait du bout des doigts à la pointe du coude, il intervint :

— Pas comme cela…

Les hommes s'arrêtèrent excédés. Ils avaient eux aussi leur savoir : ils savaient tracer une épure au sol, évaluer les mesures, estimer en pensée la hauteur et rectifier tant que l'on n'avait pas le sentiment d'être dans la juste proportion.

Il était vrai que l'on touchait là au domaine de l'inconnu. Pourquoi certains tombaient juste dès le premier tracé avec un sens inné de la juste mesure et d'autres, plus laborieux ou d'un moins bon coup d'œil, devaient s'y reprendre maintes fois avant de trouver la bonne harmonie ? Mystère.

Le chanoine approcha, la corde à treize nœuds à la main.

— Servez-vous de ceci, conseilla-t-il.

Les hommes restèrent sur la réserve, hésitant à tendre la main. Le ton du chanoine était pourtant conciliant comme s'il avait craint de les brusquer. Comme s'il avait eu peur subitement qu'une révolte ne pût se produire. Il montra, les bras écartés, comment la corde servait à la fois à tracer, mesurer, angler, ou projeter dans les trois dimensions et pour tout dire à donner à l'invisible cette belle harmonie que réclamait l'esprit sans en soupçonner le sens.

Les hommes firent oui de la tête tout en rechignant à changer leurs habitudes. Le rouquin se saisit de la corde, gauche comme on peut l'être de devoir faire devant tout le monde un geste jusqu'alors ignoré. Il l'étendit au sol, pareille à un serpent.

— Non, intervint le chanoine, un homme à chaque bout, il faut la tendre.

Les hommes dirent oui, mais continuèrent dans leur tête à compter en pas et en coudées. Quand le tracé fut arrêté, les piquets d'angle fichés en terre, le chanoine s'éloigna. Il avait de l'allure à regarder comme cela de loin, appréciant la belle ouvrage et plus encore le don qui en serait fait à la gloire de Dieu. Pourtant il revint sur ses pas, l'air soucieux.

Bras écartés, il évalua l'espace, l'œil aiguisé et lâcha sans prévenir :

— Ce n'est pas la bonne place.

Les hommes sentirent le poids du ciel leur plomber le dos et les épaules.

— Voyez-vous, expliqua-t-il, notre église doit rayonner, exprimer la foi que nous avons en Jésus-Christ, notre sauveur. Ici, nous n'avons rien de cela. Cela n'est qu'une petite église, sans grandeur ni ambition, qui n'est pas à la hauteur de ce que j'attends de vous, ni de ce que le Seigneur exige.

Les hommes baissaient le front. À la fatigue venaient s'ajouter l'indécision du chanoine et, plus encore, l'impossibilité de lui répondre.

L'exemple de Sorlin dont on entendait les coups de cognée à quelques centaines de mètres dans la forêt était là pour leur rappeler qu'ils n'étaient maîtres de rien : ni de leur destinée ni de leur jugement, pour peu d'ailleurs qu'on les autorisât à en émettre un.

Alors, de guerre lasse, ils se remirent à la tâche.


Le chanoine avait exigé que tout fût terminé en deux jours. Au terme de ce délai, l'église fut construite sans doute pas de manière aussi soignée que l'aurait voulu Humbert. Mais elle s'élevait là où il l'avait décidé, dans ses justes proportions tant en surface qu'en volume, avec une croix dressée en son faîte et un chœur suffisamment spacieux pour qu'il pût y officier.

Le dernier jour, on débarrassa l'ancienne petite chapelle de son autel de bois, des quelques rangements, simples planches de bois alignées au fond du chœur.

180

En fin de travaux, le rouquin, qui commençait comme les autres à sentir les forces lui manquer, avait demandé, sans malice aucune :

— Et l'ancienne, on la détruit ?

— Mon fils ! s'offusqua le chanoine.

— Quoi donc ?

— On ne détruit pas la maison de Dieu quand bien même serait-elle devenue trop petite.

— Ah… et qu'est ce qu'on en fait alors ?

— Je vais la transformer en presbytère…

Le chanoine respira un peu plus fort en prononçant ses mots et, s'estimant sans doute un peu court dans son explication, ajouta avec une sûreté de façade :

— Et j'y accueillerai les malades et tous ceux qui auront besoin de mon secours.

Les mâchoires se crispèrent comme souvent ces derniers temps. Devant la toute-puissance de l'homme d'Église, on ne savait que dire ni que faire. Alors, par habitude, par faiblesse et crainte aussi, on se soumit, quand bien même aurait-on soupçonné d'autres raisons que celles si bien présentées par le chanoine.


Quand au matin du quatrième jour, on constata que Valaire n'était toujours pas rentré, certains se prirent d'inquiétude. Autant sa présence en avait indisposé quelques-uns aux premières heures du campement, autant aujourd'hui elle faisait défaut au plus grand nombre. Depuis son départ peu d'hommes étaient descendus dans la vallée à la recherche de vivres, les abandonnant aux nocturnes et aux sauvagines faute de bras pour les porter. Seul le rouquin était allé chercher d'énormes trousses de foin sur des lanches de prés isolées des eaux, destiné aux bêtes dont il avait la charge.

Les pièges posés à bonne distance du campement n'apportaient pas non plus leur content de viande, les hommes les négligeaient, occupés qu'ils étaient à l'aménagement des cabanes, puis de l'église et des annexes.

Les femmes, en revanche, s'étaient organisées de belle manière. Un groupe s'était chargé de remettre en état une partie d'une ancienne charbonnière pour l'aménager en four à pain, modeste par ses dimensions, mais suffisant pour cuire les fournées. À force de gratter la terre et les abords, elles avaient amassé suffisamment de brisures de charbon de bois pour plusieurs semaines. Le reste de la charbonnière avait été conservé avec pour projet de le transformer en four à forge.

D'autres avaient creusé un tronc pour en faire un bachal où laver vêtements et vaisselles. Le plus difficile avait été d'y amener l'eau. Sans l'aide du rouquin, habile à façonner les jeunes troncs de sapin pour en faire des conduites, le projet serait resté en plan. Durant ces travaux, seule Angeline Charmoz restait à l'écart, pensive et inquiète, semblant là de passage, ou dans l'attente d'un prochain départ dont elle ne disait rien.

— Viens donc par là, lui avait ordonné la matrone un jour qu'elle restait adossée à un sapin, les mains sur son ventre à tripoter l'étoffe de sa robe qu'elle roulait en boudin.

Elle s'était approchée, timide au regard des autres, belle malgré son visage marqué du deuil de son enfant.

— Fais comme nous, mets-y tes frusques à mouiller dans le bachal, tes petits sont encore tous morveux à c'te heure. T'es pas tant empruntée quand même…

Angeline avait souri, indifférente à la critique autant qu'à la brusquerie de cette femme. C'était comme s'il était

182

question de quelqu'un d'autre et qu'elle assistait au déroulement d'une vie qui n'était pas la sienne.

— Vas-y, mouilles-y fort, conseilla la matrone, les bras écartés, prête à donner le coup de main nécessaire.

Angeline s'exécuta.

— Pas comme ça, fais-y à pleins bras.

Elle recommença, se lassa, arrêta.

Le temps que durèrent ses tentatives, plusieurs femmes la dévisagèrent par en dessous, comme il était coutume de le faire au lavoir là où tout se disait en bien ou en mal, là où la vérité fautait avec le mensonge. Elles tentèrent tour à tour de lui parler haut ou bas, d'évoquer le retour prochain de son mari, sans doute parti à Samoëns ou Taninges pour organiser des secours. Aucune n'osa évoquer la mort de son enfant.

Angeline répondait en souriant, incapable d'aligner des mots qui aient un sens. Elle disait oui, souvent de la tête et du buste, rarement des lèvres ou alors en chuchotant comme économe du moindre son venant d'elle. Comme si elle avait craint de se tromper ou de se trahir.

Après s'être pliée aux demandes des unes et des autres, elle remercia des yeux et s'éloigna, fine et belle, les hanches marquant ses pas sous sa robe de toile grise.

— C'est pas Dieu possible ! s'emporta alors la matrone, en se tapant sur les cuisses avec ses grosses mains mouillées, si jeune et déjà si triste.

— Elle a le noir dessus, releva une femme tout en os appelée « Coupe-Toujours » en raison de son habileté à la faux, c'est la perte de son petit qui fait ça, faut la comprendre, ça fait même pas dix jours de temps.

Plusieurs femmes levèrent le regard. Yeux sombres, regards noirs, quelque chose sur le cœur qui ne pouvait sortir.

Après avoir longuement mâché ses mots, l'une d'elles laissa pourtant jaillir :

— Pour le chagrin, j'dis pas, mais...

— Mais quoi ?

— Y a pas que ça...

Les femmes plongèrent les mains au plus profond de l'eau glacée puis arrêtèrent leurs gestes. Leur respiration aussi pour certaines. C'était dans ces instants-là que tout se disait, s'apprenait ou s'inventait. C'était là que se lézardait une réputation, si lentement acquise et si vite détruite sous les coups de boutoir de la surenchère, des mensonges et des sous entendus.

— Alors, dis-nous ! s'impatienta la matrone. Qu'est-ce que tu sais donc qu'on ignorerait ?

— Pareil que vous, vous avez donc pas les mêmes yeux.

— Allons bon, v'là qu'elle fait l'oie maintenant, lâcha la matrone prenant les autres femmes à témoin.

Pour parler, elle avait adopté la pose de l'outragée, les mains plaquées sur la poitrine, la mine faussement déçue.

L'autre se sentit acculée. En dire davantage sans toutefois trop parler, telle pouvait être la manière de s'en sortir. Ce qu'elle fit avec bien peu de réussite toutefois.

— C'est que, y a le chanoine Humbert.

— Ah, firent plusieurs voix dont la curiosité amplifiait les aigus et allongeait les silences.

— Voilà..., commença-t-elle.

Et elle raconta par le menu ce qu'elle savait des venues du chanoine dans la cabane d'Angeline Charmoz. En vérité, personne n'apprit grand-chose car tout le monde savait déjà. Avec plus ou moins de détails, de certitudes ou d'approximations lorsque les bouches s'étaient déliées dans l'intimité des paillasses. Personne pourtant ne semblait connaître les tourments du chanoine ni sa façon de repousser le démon de la chair. Du moins aucune femme n'en parla.

Aux yeux de tous, ici, le péché de chair n'était pas le pire. On l'admettait, on lui trouvait même des excuses quand il était commis par des gens d'Église.

— Ma foi, fit la matrone une fois rassasiée de cette poignée de mots, ça nous amènera peut-être une âme de plus pour l'été.

Elle souriait à la vie, la grosse femme, sûre de son autorité. Pas plus émue qu'elle ne l'était pour annoncer une naissance, un travail mal engagé ou un enfantement difficile.

— Et allez savoir, peut-être qu'elle l'aime, notre chanoine, avec le mari qu'elle a, ça serait pas tant mal pour elle un homme comme lui.

Parmi les femmes quelques-unes pouffèrent comme on le faisait quand on parlait de sentiments vrais. Évoquer les choses du corps, du bas-ventre ou des entrailles était commun entre femmes. Surtout quand il s'agissait de la gaillardise des hommes ou de leurs défaillances nocturnes. Mais sitôt que s'y mêlaient les sentiments, les bouches se muraient.

— Allez savoir, répéta la matrone pour tenter d'arracher quelques mots encore à celles dont les cabanes jouxtaient celle d'Angeline Charmoz.

Comme de bien entendu, les femmes étaient au courant. Une bouche se délia, puis une autre.

— C'est vrai, l'Angeline, c'est pas une femme à se laisser faire.

— Ah…

— L'autre fois, vous avez rien vu parce que vous étiez au pied de la croix, mais le Valaire il la serrée d'un peu près, eh ben, il est ressorti de chez elle la tête basse, tout Valaire qu'il est.

La matrone n'en revenait pas.

— Valaire ? T'es sûre ?

— Sûre comme j'm'appelle Germine, j'ai tout vu d'où j'étais, pas un pli que ça a fait : dehors qu'il s'est retrouvé.

Les femmes piaillaient pour se divertir. Aucune n'était sûre de ce qu'elle avançait, mais, comme cela ne prêtait pas à conséquence, elles y allaient de leurs détails, vrais ou inventés, lesquels avaient pour seul intérêt de permettre à toutes de tenir leur rôle dans la grande farce de la vie.

Seule Hémincette ne disait rien. Femme mince, perdue dans des habits trop amples, elle avait beau serrer son paletot de peau de chèvre sur sa maigre poitrine, aucun relief ne pointait sous l'étoffe. Au bout d'un moment, elle parla d'une voix flûtée qui détonnait avec sa mise.

— Angeline, j'la connais bien, elle est pas comme ça.

— Nous, on dit rien, se défendit la matrone, on raconte ce qu'on sait, c'est tout.

— Ben, vous parlez trop…

— Allons bon… Et qu'est-ce que t'en sais, toi ?

— Ce que je sais, j'l'ai vu de mes yeux.

— Nous aussi, enfin elles aussi, rectifia la matrone un peu sur le reculoir tout à coup.

— Moi c'est pas comme vous, j'étais dans sa cabane le premier soir qu'est venu le chanoine. Dans ma hutte, y avait point de feu, point d'eau. Alors elle m'a offert un peu de chaud. J'étais au noir dans le fond de la cabane, c'est pour ça qu'on m'a pas vue.

— Et alors ?

Hémincette prit le temps de répondre. Maigre de corps, mince de visage, des yeux comme des étangs, gris et froids. Fine et belle comme on peut l'être quand la jeunesse est encore à la lutte avec les ans. À peine si son front était ridé, à peine si des plis sillonnaient le coin de ses lèvres. Des plis qui lui donnaient autorité pour parler, elle qui n'avait d'expérience de la vie que celle des autres. Sans enfant, elle n'avait même plus la présence d'un homme à son côté depuis que le sien avait été écrasé par son traîneau en redescendant d'un miche à foin vers les Greniers de Commune.

— Ce que j'ai vu, on peut le raconter. Y a rien d'interdit, ils se parlent, ils se touchent les mains et le visage, il lui dit où est partie l'âme de son enfant là-haut dans les fleurs du ciel après s'être arrêtée sur les sommets pour la regarder une dernière fois, et quand elle pleure, il la prend dans ses bras, il lui parle tout bas en lui caressant le front avec les mains. C'est pas interdit tout ça, y a pas de péché là-dedans.

— Ma foi, fit la matrone les lèvres pincées, y a rien de bien grave. Et puis si c'est ce que t'as vu...

— C'est ce que j'ai vu, confirma la jeune femme.

Autour du bachal de bois, on s'ébrouait en tapant fort sur le linge, plus fort que de raison. Les femmes étaient à la fois déçues d'en apprendre si peu et rassurées par le comportement du chanoine. Qu'il vînt au secours de l'une d'elles, meurtrie par un deuil de surcroît, était dans l'ordre des choses.

Quelques femmes commentèrent encore un peu, mais le cœur n'y était plus. Des détails revenaient, insignifiants pour la plupart, des souvenirs aussi, quelques précisions furent apportées, puis la conversation s'éteignit comme un feu en fin de nuit. La déconvenue de Valaire, ou supposée telle, n'appela pas plus de commentaires. Le quotidien reprenait ses droits, la vie aussi, tenace et opiniâtre.

# 15

Au plus profond de son sommeil, la matrone entendait comme des bruits, des appels et des éclats de voix. Comme toujours, se retourner lui demanda un effort tant son ventre, ses seins et ses hanches lui pesaient. Une fois sur le dos, elle fit mine d'arracher sa paillasse pour s'en couvrir la tête. N'y parvenant pas, elle se voila les yeux de ses bras repliés. Mais une main l'en empêcha :

– Bernarde...

On l'appelait. Une naissance peut-être, une femme en couche dans l'arrière-pièce d'une ferme, là où d'ordinaire elle officiait dans la lueur tremblante d'une lampe à huile et les bouffées d'eau bouillie.

– Bernarde...

Cette fois, elle se releva sur un coude.

– Quoi donc ?

– On a besoin de toi...

– Je dors.

– Tout de suite, c'est le chanoine qui m'envoie.

Avec peine, la grosse Bernarde reconnut la voix de Rambert, le colosse aux cheveux roux.

– C'est pas Dieu possible, même la nuit maintenant, geignit-elle, assise à croupetons le long du mur de sa cahute pour tenter de prendre appui et de se relever.

Le rouquin l'aida d'un geste maladroit.

– Doucement…

Elle le dévisagea dans la lumière bleutée de la nuit.

– C'est pas une heure de chrétien, ça…

– C'est que…

– Quoi, fit-elle, moins bougonne une fois sur ses jambes, qu'est ce que tu veux à cette heure ?

D'un aller-retour de la main, elle épousseta sa robe avant de se planter sous le nez du rouquin.

– C'est Valaire, lâcha le colosse d'une voix nouée, il est en train de passer.

– Foi de Dieu, et où qu'il est celui-là ?

– Là-dehors, montra le rouquin, en levant le drap qui servait de coupe-vent dans l'attente qu'une porte fût montée.

Sur le seuil de l'église, des torches étaient fichées en terre, des silhouettes autour qui se détachaient en ombres rapides comme affolées par l'urgence des gestes à faire. Des voix chuchotaient, résignées et fatalistes.

– Faites place, exigea la matrone de sa voix mal réveillée, et de la main elle écarta tout ce qui lui faisait barrage.

Au sol, un corps, raide et sale, emmitouflé dans une toile.

– L'a pas belle figure, jugea la matrone au moment de s'agenouiller à son chevet.

Se mettre à genoux lui coûta mais elle ne grimaça pas. De l'index et du pouce, elle souleva la toile et détailla avec l'envie de regarder ailleurs.

– Foi de Dieu, murmura-t-elle, en voyant l'étendue de la blessure.

Une plaie ouverte qui allait du cou au ventre. Un coup de hache peut-être, ou de serpe, qui n'avait épargné ni les chairs ni les os. À la respiration filée de Valaire, on devinait que l'arme était entrée profond dans la poitrine.

— L'air fuit par là, montra la matrone après un temps d'hésitation, un peu gênée de n'avoir pour seule nouvelle que celle-ci à annoncer.

Et, alors qu'elle portait ses doigts dans la plaie, on entendit le souffle varier un peu puis adopter un son plus ordinaire.

Elle avait vu juste. Mais ne savait pour autant ni quoi faire ni de quelle manière annoncer à ceux attroupés autour d'elle son impuissance à soigner une telle blessure. Sans lever les yeux, elle devinait les regards penchés sur le corps, évaluant le temps que durerait l'agonie ou dans quelles souffrances devait se débattre le contrebandier.

C'est à cet instant qu'elle découvrit le jeune Hans accroupi devant le corps.

— Qu'est-ce tu fais là, toi ?

Silence immobile de l'enfant.

— Fiche le camp de là, ordonna-t-elle, la main leste, prête à le chasser comme un insecte.

Toujours aussi immobile, l'enfant la dévisageait, puis son regard vint de nouveau se poser sur Valaire. Assis à hauteur de son visage, il se pencha soudain, lui prit les joues entre les mains et les lui pressa doucement.

— Laisse-le, vermine, tu vois pas qu'il est en train de passer, non ?

L'enfant ne tint pas compte de la mise en garde et continua à caresser le visage de son père adoptif, incapable d'admettre que la vie était en train de s'en échapper. Quand elle voulut se lever pour houspiller l'enfant, Berthod intervint, la voix rauque.

— Laisse-le, Bernarde...

— C'est pas la place d'un chiard quand même, d'être au côté d'un mourant !

— Laisse, j'te dis, c'est peut-être les derniers instants qu'il passe avec lui.

La grosse Bernarde ravala ses mots et en revint à ce qu'elle considérait, somme toute, comme de sa compétence.

— Après tout, chaque chose vient à son heure et il passera ni plus vite ni moins vite. Alors…

C'est là que le chanoine sortit de l'ombre. Personne n'avait soupçonné sa présence hormis le rouquin qui se tenait mains crispées sur l'estomac comme devant une sépulture. L'homme d'Église paraissait encore plus sombre qu'à l'ordinaire, plus impressionnant, dans sa robe de bure couleur de la nuit.

Il s'approcha.

— Laissez faire cet enfant.

— Mais…, tenta de dire Bernarde.

— Laissez-le, donner de l'amour n'a jamais hâté la fin d'un mourant.

En parlant de la sorte, il ne s'adressait à personne en particulier, ses mots pourtant avaient un sens pour chacun. Au premier chef pour la matrone qui se sentit désavouée. Murée dans un silence grognon, elle était prête à faire de nouveau valoir son opinion, la seule appropriée aux circonstances selon elle. Piquée d'une colère froide, elle finit par lancer :

— Et j'en fais quoi, moi, du Valaire, je le laisse là ?

Pour toute réponse, le chanoine Humbert la toisa d'un regard sombre. Un temps long, démesurément alourdi par la proximité de la mort et la détresse de l'enfant. Debout, penchés ou accroupis, tous ressentaient cette bascule imminente, cette incertitude de l'instant qui créerait un avant et un après.

Le chanoine s'agenouilla alors auprès du gamin et l'encouragea à caresser le visage de Valaire. Tour à tour, ses doigts allèrent des joues au front du blessé puis remontèrent vers les pommettes, les tempes, le cou.

– Ne t'arrête pas, même s'il ne te voit pas, il te sent, il a besoin de toi.

Le chanoine lui parlait comme si l'enfant avait pu entendre ses mots. Il le savait sourd pourtant, mais voulait l'ignorer, comme si, à l'encourager ainsi, il l'associait soudainement à une prière commune.

– Bon, qu'est-ce que je fais, moi, alors ? s'impatienta la grosse Bernarde.

Elle ne digérait toujours pas sa déconvenue ni d'avoir été sortie de son sommeil. Pour la circonstance, elle s'était relevée, les mains sur les hanches, la poitrine belliqueuse, prête à dire son fait à qui lui répondrait. Sa voix était prête : grasse et cassante. Ses yeux aussi, peu amènes malgré les circonstances.

Sans se relever, le chanoine la ramena à un peu plus d'humanité.

– Prie pour lui, priez tous pour lui, dit-il d'une voix où vibrait l'émotion.

Il s'interrompit un instant et poursuivit :

– Cet homme a ses défauts comme nous tous, les siens sont grands, j'en conviens, mais sans lui nous ne passerons pas l'hiver.

Là, les visages se rembrunirent. Le chanoine disait à voix haute ce que tout le monde redoutait. La présence de Valaire, pour pesante qu'elle fût parfois, les avait rassurés, sa force au travail aussi, sa roublardise également, qui avait assuré un semblant d'organisation à leur communauté d'hommes.

Se relevant, le chanoine croisa les mains et commença à prier à haute voix. Ce n'était ni le psaume des trépassés ni déjà la prière des morts, seulement une supplique à Dieu l'adjurant de venir en aide à ces hommes égarés dans la nuit.

Humbert était raide et grand comme à son habitude. Les yeux au ciel, il ne vit pas le petit Hans venir à lui et l'agripper par la manche. Surpris, il le regarda.

– Oui !

Hans avait le visage mâchuré de larmes. Des coulées brillantes traversaient ses joues et finissaient suspendues au bord de son menton. Dérisoires armes qui n'avaient jamais permis à quiconque de lutter contre la mort. Pourtant, son visage souriait. Ses lèvres entrouvertes, prêtes à dire des mots qu'elles ne savaient pas, ânonnaient des sons silencieux. L'enfant lui montra Valaire.

D'un pas le chanoine s'approcha et s'agenouilla à son chevet. Puis observa.

– Mon Dieu, dit-il, soyez remercié.

Et sans aller plus loin dans son adresse à Dieu, il organisa les choses à sa manière :

– Il vit, annonça-il haut et fort d'une voix qui se voulait à la fois forte et remerciante.

– Comment ça, il vit ? C'est son dernier souffle, voilà tout.

Cette fois Bernarde parlait en connaisseuse. Elle avait assisté plus d'une parturiente dont l'enfantement se passait mal. Entre les plaintes, les cris, les râles, les halètements et le dernier hoquet, ce souffle du dernier instant, elle savait faire la différence. Par sûreté, elle s'agenouilla aussi, écouta, observa. Longtemps.

– C'est ma foi vrai, il respire mieux.

En un tour de main, le chanoine organisa les choses, assisté cette fois de la matrone, peu revancharde finalement, rassurée peut-être aussi à l'idée que le campement ne connaisse pas un nouveau deuil. On installa une paillasse dans l'église pour placer Valaire à l'abri des fumées de bois, on lui chauffa des galets avant de les placer le long de son corps, on raviva un feu pour y mettre un chaudron d'eau à bouillir.

194

— De la toile propre, ordonna le chanoine, il faut préparer de la charpie pour bourrer la plaie.

Humbert se sentait enfin dans le rôle dont il avait rêvé. Un rôle à sa mesure, immense, au service des hommes et sous le regard de Dieu. Il conduisait cette grappe d'hommes et de femmes et le Tout-Puissant l'entendait. Il s'assurait de leur survie, corps et âme confondus, il organisait, protégeait, jugeait, dirigeait, secourait et Dieu l'entendait toujours. Humbert était redevenu en quelques instants l'homme d'Église des premiers jours. Comme lavé de ses tourments, il ordonnait avec autorité et attention, soucieux de conduire plus que de diriger.

— De la résine, tu en as ? demanda-t-il au rouquin resté à l'écart.

— Oui, un reste, mais elle est dure à cette heure avec le froid.

— Mets-la à tiédir, il la faut comme du miel liquide.

Rambert fit oui de la tête, la main dans les cheveux pour les empêcher de retomber. De la résine fraîche aurait mieux convenu, mais il fallait le temps de saigner les troncs pour la recueillir, et en cette saison il n'était plus temps de s'en préoccuper.

Depuis toujours, la résine était un remède roi pour couper le sang et éteindre l'infection. On en coulait dans la blessure le long des lèvres de la plaie et on bourrait ensuite avec des boules de charpie pour faire compresse. Les plus résistants survivaient, les autres en proie aux infections étaient cautérisés au fer rouge, ultime solution qui, en général, conduisait à la mort.


Quand le chanoine revint dans l'église, il fut surpris d'y découvrir Angeline, à genoux auprès du corps. À côté d'elle,

Hans caressait toujours le visage et les mains de son père adoptif. D'une voix nouée, la jeune femme demanda autant des yeux que de la voix :

— Il va mourir ?

Humbert ramena ses mains en prière sur sa poitrine, s'isola dans un silence de circonstance avant de lâcher dans un souffle.

— C'est à Dieu d'en décider : le rappeler auprès de Lui ou le laisser parmi nous…

Le chanoine avait parlé d'une voix d'Église, détachée et froide, comme pour rappeler ce qu'il y avait de misérable dans l'existence d'un homme. Angeline Charmoz, elle, voulait entendre des mots pour se rassurer. Elle attendait qu'on lui parle, qu'on lui dise ce qui s'était passé, qu'on lui désigne un coupable. Maraudeurs, gapian ou soldat perdu, elle s'en fichait, elle voulait savoir tant ses craintes étaient grandes d'apprendre une autre vérité.

— Mais c'est arrivé où ?

— Ils étaient sur le retour quand ils ont été attaqués dans la descente des Lanchettes.

— Des gapians sans doute ?

— On ne sait pas, je te dis, répondit le chanoine agacé, Berthod marchait loin devant avec trois sacs de sel, Valaire fermait la marche. C'est un homme seul qui les a attaqués par surprise, à ce que dit Berthod.

La jeune femme se tordait les doigts comme à confesse quand il faut avouer l'inavouable. Brusquement, elle se fit suppliante :

— Mais il sait se battre, quand même, Valaire…

Le chanoine ne répondit pas. Avec précaution, il s'agenouilla et releva la toile qui couvrait la plaie. Angeline se voila alors les yeux avec les mains mais regarda quand même.

— Mon Dieu…

196

Humbert aurait voulu la rappeler à plus de tenue en présence d'un mourant. Lui dire que sa présence ne s'imposait pas, lui demander d'aller chercher de l'eau chaude, de la charpie, des linges, une couverture ; il n'en fit pourtant rien. Il avait beau rester ferme dans son corps, sa pensée le tourmentait, le poussait à faire ce qu'il ne voulait pas.

Il tendit alors la main vers elle pour l'apaiser, la caresser comme les autres fois, mais suspendit aussitôt son geste. Il la regarda intensément. Il se sentait en elle par le regard, certain de ce qu'elle éprouvait, un mélange de confusion, de retenue, de faute et d'illusion. Ce fut elle qui pourtant brisa l'échange :

— Mon père...

— Oui.

— Il faut m'entendre en confession.

— Tout de suite ?

— Oui.

Pris de court, il se releva. L'idée lui vint de reporter la confession en raison de l'état de Valaire, mais sa volonté était faible face à la chair, il le savait, alors il avança jusqu'au fond de l'église, là où un renfoncement tenait lieu de confessionnal. Pas de claustra, deux sièges des plus sommaires, une intimité symbolique. Ils s'installèrent.

— Je t'écoute, commença le chanoine.

Angeline Charmoz baissa les yeux, demanda pardon à Dieu de devoir trahir, puis se livra :

— Voilà, je sais qui a attaqué Valaire.

Le chanoine demeura de marbre. Il s'attendait à une confidence bien différente, mais puisqu'il en était ainsi, il accepta l'augure de cette confession inattendue.

— Poursuis, encouragea-t-il d'une voix blanche.

— C'est dans les manières de Modeste d'attaquer comme ça en lâche. Le jour de l'éboulement, il a dû aller se réfugier

Dieu sait où sur la montagne et depuis il doit rapiner à son heure ici ou là.

— Modeste, dis-tu, qui est-ce ? demanda le chanoine, pensif subitement.

— Mon mari, vous savez bien.

Le chanoine marqua un temps. Il ne se sentait plus en confession, absent, perdu dans un brouillard de pensées, là où le bien côtoie le mal dans cette immensité qu'est l'âme humaine.

— Pourquoi l'accuses-tu ainsi ?

— Parce que je sais comment il s'y prend, toujours de nuit, contre des gens seuls. Il dit qu'il voyage sur les routes, mais c'est pas vrai, la guilde des marchands du Faucigny l'a renvoyé depuis longtemps. Alors il doit rôder par ici et par là pour voler tout le monde.

Le chanoine était pensif. La franchise des propos, les sanglots qui les accompagnaient, le trouble qui en naissait, tout paraissait scellé au sceau de la vérité. Et puis naissait au fond de lui, si loin qu'il n'osait à peine s'y aventurer, surtout ici en présence d'un mourant et sous le regard de Dieu, cette évidence que la confiance qui lui était accordée n'avait peut-être pas pour seule origine sa fonction d'ecclésiaste.

Entendant des voix approcher, il interrompit la confession et retourna au chevet de Valaire.

La grosse Bernarde arriva, encombrée d'une seille d'eau chaude, de plusieurs linges jetés sur son épaule et de bandes de toile larges comme le bras. Le rouquin la suivait, la mèche en bataille, une couverture sous le bras, une toupine en terre dans la main.

— Alors ? demanda-t-elle.

Personne ne répondit. Elle aurait bien voulu écarter le jeune Hans qui tenait toujours la main de Valaire, mais, de

198

peur d'être de nouveau rabrouée, elle ne dit rien, attendant son heure.

— Au moins, il respire c'est déjà ça…, lâcha-t-elle laconique.

En même temps, elle dépoitrailla le blessé pour accéder à la blessure. Sous la lumière des torches et avec l'aide d'une bougie, elle inspecta.

— C'est moins profond que j'le pensais.

Et elle commença à nettoyer les chairs et les sanies à l'eau bouillie. Elle allait vite, sans hésiter, sachant où mettre ses mains et enfoncer ses doigts sans répugnance ni compassion. Après une brève inspection, les yeux presque à toucher les chairs, elle enduisit de résine ce qu'elle put, enfonça dans la plaie des morceaux de charpie puis emmaillota le blessé avec ses bandes de toile écrue.

C'était vrai que le souffle du contrebandier était redevenu plus lent. Il ne respirait plus par saccades comme au début, conservant néanmoins ces stigmates annonçant la mort : joues rentrées, nez pincé, peau flétrie, lèvres blanches. À défaut d'être des certitudes, c'étaient des signes. Tout le monde en était convaincu : Valaire ne passerait pas la nuit.

16

Contre toute attente, Valaire resta en vie. Inconscient, à l'exception de longues périodes de délire où il se débattait des jambes et des bras, le contrebandier semblait vivre entre deux mondes.

De temps à autre, Bernarde venait s'assurer de son état, prodiguer quelques soins, expliquer à Angeline comment s'y prendre pour lui changer ses bourres de charpie. Bien qu'elle n'y fût pas préparée, la jeune femme apprenait vite au côté de la matrone, au point de la remplacer parfois quand celle-ci était occupée à d'autres tâches.

Seul le petit Hans, les yeux pleins d'eau, restait assis des heures durant au chevet du blessé. Il semblait lui parler en remuant les lèvres, ce qui laissait croire à qui venait de l'extérieur à un dialogue muet. Malgré les injonctions du chanoine, les menaces de la grosse Bernarde et la douceur d'Angeline, rien n'y fit. Il resta là trois jours et trois nuits, prenant de maigres repas, debout le long du mur d'entrée, un pied dedans, un pied dehors comme si abandonner un instant Valaire avait pu irrémédiablement compromettre ses chances de survie.

Et puis un jour, il courut chercher Angeline. On l'aurait cru assiégé par un nid de guêpes tant il moulinait des bras, devant, derrière, au-dessus de sa tête, et pour finir il se plaqua les mains sur le visage.

– Qu'est-ce que t'as donc à t'agiter comme ça ? s'inquiéta Angeline.

Un simple bonnet de toile sur la tête, elle sortit à sa suite. Dans l'église rampait un froid gris de début d'hiver. Une lumière rousse filtrait à travers une panse de vache, tendue sur le bâti de l'unique fenêtre. Pour qui avait de l'imagination, cette lumière, si pâle fût-elle, pouvait figurer celle d'un vitrail, en plus pauvre, plus sale, moins vivante en somme.

Angeline s'approcha et s'agenouilla.

Découvrant Valaire adossé sur sa paillasse de bale d'avoine, elle sourit, tendit la main. Ses paumes étaient rougies par le travail, ses ongles cassés, ses doigts gercés, mais cela restait une main de femme. Valaire se laissa faire. Une longue caresse qui alla des tempes au bas du cou. On aurait dit deux amants en retrouvailles.

Hans regardait, souriant des yeux, comme jamais il ne l'avait fait depuis son arrivée au campement.

– Enfin, te revoilà à la vie, dit-elle d'une voix douce, te revoilà parmi nous.

– Comme tu vois, ma fille…

Était-ce la fatigue ou l'émotion, Valaire ne semblait plus le même. Bien sûr ses traits n'avaient pas changé, à l'exception de ses joues, un peu plus creuses et pour l'une d'elles piquées d'une mauvaise barbe où le blanc cousinait avec le noir. Bien sûr, ses mâchoires avaient toujours le même mordant, mais il avait changé d'expression. La position adossée y était peut-être aussi pour quelque chose, l'emplâtre qui lui tenait lieu de pansement également.

Angeline aussi s'en aperçut. Sa main lui caressa encore quelques instants la joue puis descendit le long de son bras, atteignit les doigts sur lesquels elle s'arrêta avant de les effleurer craintivement. Une main de femme, fine et chaude.

202

Une pogne de brute, inerte, étonnée d'être encore de ce monde, et remerciant Dieu en sourdine de l'avoir rendu à la vie.

Longtemps ils restèrent ainsi. Puis ce fut Valaire qui reprit pied le premier avec la réalité.

— Depuis quand je suis là ?

— Trois jours et autant de nuits.

— Foi de Dieu, sans rien manger ?

— Si, on t'a fait boire des bouillons d'herbes avec la matrone.

— Ah… Et d'où je suis blessé au juste ?

Angeline s'inquiéta :

— Tu ne te rappelles pas ?

— Que si par Dieu ! s'énerva Valaire. Un homme pas plus haut que ça, une pouillerie d'homme qui s'en est pris à Hans par surprise. Même pas eu le temps de lui sauter dessus qu'il m'avait donné un coup de fouet, la vache.

— T'as pu voir qui c'était ? demanda Angeline, la salive bloquée au fond de la gorge subitement.

— En plein noir, qu'est-ce tu veux y voir ?

— Je sais pas : ses yeux, son visage, un détail…

— Pas besoin.

— Pourquoi ?

— J'lui ai mis un monstre coup de hache dans le genou, et m'est avis qu'à cette heure il doit ramper comme une limace.

Parler obligeait Valaire à des efforts. Malgré le froid de l'église, il transpirait du front et des joues. Des rigoles couraient sur son cou et allaient se perdre dans la toison givrée de son poitrail. C'est là qu'il découvrit l'épaisseur de son bandage.

— Qui c'est qui m'a fait ça ?

— La matrone et moi, le chanoine nous a aidées aussi au début.

Cette fois, Valaire se laissa aller de la tête et des épaules. Affalé sur sa paillasse, il n'avait plus la même superbe et moins encore cette force agressive prête à tout renverser. Il leva les yeux pour les reposer, retrouver en lui un peu de ce sommeil qui l'avait sauvé, mais se reprit au dernier instant :

— Et où qu'on est ici ?

— Dans l'église.

— Elle m'avait pas semblé si grande avant.

Angeline sourit pour ne pas ajouter du trouble à l'inquiétude. Elle lui expliqua les messes sur le parvis, la décision du chanoine de construire une autre chapelle, le presbytère, les plus démunis habitant avec lui… mais se garda bien de parler d'Humbert et de ses venues dans sa cabane ni de Sorlin et des jours de geôle qu'il avait dû endurer.

« Plus tard, se dit-elle, plus tard il sera temps de tout raconter. »

D'ailleurs, Valaire n'était visiblement plus en état de comprendre. Sa tête, restée droite pendant qu'Angeline lui parlait, avait versé sur le côté, ses yeux étaient ailleurs. Avant de s'endormir de nouveau, il tendit la main vers Hans, mais n'y parvint pas. Alors du bout des yeux, du bout de l'âme, il lui sourit comme un père sait le faire à son enfant.

Malgré la gravité de sa blessure, Valaire recouvra ses forces rapidement. Chaque jour des progrès, chaque jour une étape nouvelle qu'il franchissait comme il aurait enjambé un ruisseau. N'eût été ce pansement qui lui ceignait tout le poitrail, il aurait repris des travaux de force, histoire de voir jusqu'où tenait son corps. Seulement si ses forces revenaient, une faiblesse était en train de s'installer.

Les premiers jours, il avait mis cela au compte de la fatigue, avait incriminé le bandage trop serré qui lui coupait la force du bras, la perte de sang, la fonte des muscles. Après avoir tout imaginé, il fallut bien se rendre à l'évidence ; son bras droit ne répondait plus comme avant. Pour s'en assurer, il trancha sa manche au ras de l'épaule, se frictionna les chairs avec du limon noir, essaya l'eau glacée. Rien n'y fit, la force l'avait quitté.

Il ne s'en ouvrit à personne, seul Hans était autorisé à le suivre lorsqu'il s'enfonçait dans le sous-bois pour tenter de forcer ses muscles. Incapable de manier la hache, il l'avait troquée pour un poignard à long manche de sa fabrication. Une arme qui tenait à la fois de la dague et du tranchoir, affûtée sur les deux faces, pointue au bout.

Car Valaire n'en démordait pas, il allait retrouver celui qui avait failli lui ôter la vie. Même s'il n'en parlait pas, il avait son plan dont il s'ouvrait de plus en plus souvent à Hans, dans le profond des sous-bois.

– Attends un peu que la neige vienne et là...

Il ouvrait sa main valide, le pouce et l'index en pince. Pas besoin de savoir comment il allait s'y prendre, à la vue de sa trogne tordue, on pouvait sans peine imaginer ce qui allait se passer.

De jour en jour, le froid se fit plus mordant. Les gelées de la nuit n'en finissaient plus de roussir les dernières feuilles que l'on amassait, de même que les fougères, pour la litière des bêtes. Faute de temps, les huit vaches sauvées des eaux dormaient dehors, sous des auvents recouverts de branches de sapin posées en écailles. Pour les protéger du froid, des bas-murs avaient été construits, simples troncs enfoncés en terre et garnis de fougères qui servaient à couper la bise plus qu'à isoler du froid.

Un matin, la neige arriva sans prévenir. Une belle neige fine et sèche qui se posa sans bruit durant la nuit. À l'aube, Valaire s'éveilla, inquiet. L'absence de bruit l'avait dérangé dans son sommeil. Il s'assura que Hans dormait à son côté, prit son coutelas et sortit.

Dehors, la nuit était tamisée de blanc. Tantôt bleus, tantôt gris, les flocons filaient en hâte vers le sol, sans prendre le temps de choisir l'endroit où passer l'hiver. Une belle neige piquante et rebelle qui annonçait de plus grosses tombées sitôt le jour levé.

Valaire respira à grandes goulées. L'air lui faisait du bien. Hormis son bras sans force, ses blessures ne le faisaient plus souffrir, sauf quand il s'attelait à des travaux trop durs pour lui. À la surprise de tous, il était en train de redevenir le même homme, exception faite de son humeur.

Il pouvait désormais écouter les autres, prendre avis, accepter les remarques et les oppositions, sans pour autant sentir son sang se mettre à bouillonner dans ses veines. Autant la peur de n'être pas à la hauteur l'avait toute sa vie poursuivi, autant désormais cela était sans importance. Il écoutait, jugeait de ce qui était bon ou pas, puis décidait seul ou en groupe sans que cela n'altère le moins du monde son humeur.

La première à s'en apercevoir fut Angeline. Le voir ainsi organiser, aider à la mesure de sa force, participer pour ce qu'il pouvait, la rassurait mais l'inquiétait en même temps. Il avait tant terrorisé les autres aux premiers temps de sa présence au camp que cette quiétude apaisait la communauté tout entière. Mais dans le lointain de son âme, elle regrettait cette brutalité et cette assurance des premiers jours. Plusieurs fois, elle se prit à avoir peur des temps à venir.

Elle savait Valaire désormais vulnérable dans un combat entre hommes, incapable qu'il était de manier un pieu ou un outil utilement.

À force d'y réfléchir, elle comprit que sa peur valait tout autant pour ses enfants que pour le petit Hans. Elle essaya de s'en ouvrir à Bernarde avec qui des relations plus confiantes s'étaient nouées.

— Te fais donc pas de souci, avait éludé la matrone, il a du cuir cet homme-là, il nous l'a montré.

Angeline revint à la charge, insistant chaque fois sur les doutes qu'elle nourrissait envers son mari.

— Un bout d'homme comme ça, avait fait mine de s'offusquer la grosse femme, tu pousses et ça roule dans la pente.

— Tu l'connais pas... Tout en vice et en filouterie. Toujours à chercher tort à quelqu'un.

— Mais Valaire, c'est pas un homme à se laisser faire.

— Je sais, répondit Angeline, évasive, peu convaincue par les mots de la matrone.

N'y tenant plus, elle lâcha :

— C'est que..., éclata-t-elle dans un sanglot.

La grosse Bernarde se rapprocha. Elle n'avait pas plus d'affection pour Angeline que pour qui que ce fût, mais la jeune femme lui plaisait. Elle ne se plaignait pas, supportait tout sans mot dire, y compris la perte de son petit dernier, tentant d'apporter, ici ou là, son aide quand elle le pouvait.

— Parle donc, ça te fera moins lourd après.

— C'est rapport à Modeste mon mari, je crois qu'il traîne autour du campement.

— Allons bon, et pourquoi qu'il viendrait ?

— Justement, c'est ça qui m'inquiète. S'il se cache, c'est qu'il doit pas se sentir bien propre.

— Rapport à Valaire ?

— Oui, pour moi c'est lui qui l'a attaqué...

– Tu crois ?

– Oui !

– Mais c'est un bout d'homme de rien, s'étonna la matrone.

– Il est tout en nerfs, c'est ça sa force. Ça et le vice.

Bernarde se voulut rassurante. D'un geste protecteur elle prit Angeline par l'épaule et lui dit d'une voix blanche :

– T'es sûre que tu m'as tout dit, ma fille ?

Alors, à la manière dont les femmes le faisaient quand elles se confiaient à ses mains d'accoucheuse, Angeline se laissa aller aux confidences, où les mots et les larmes tissaient l'histoire. Des mots courts, racontant ses misères de femme violée par son mari, ses coups à n'en plus finir, de fouet, de gourdin, de fer à tisonner qui tombaient pour un rien sur elle et ses enfants. Dans un hoquet, elle ajouta en larmes :

– Et la femme forcée du premier soir, ses enfants tués et son mari égorgé…

– Tu crois ?

– Oui, je crois aussi que c'est lui.


Dehors la neige filait sa laine à gros flocons désormais. Le jour n'était pas encore là mais une lumière moirée l'annonçait qui envahirait peu à peu les clairières et les places dégagées, reléguant les sous-bois dans une nuit immobile.

Valaire sentait son heure approcher. D'expérience, il savait que, sitôt la neige arrivée, un homme seul a peu de chances de survivre en montagne. Sauf à s'être aménagé un abri, avoir amassé suffisamment de nourriture et être proche d'un point d'eau. Trois conditions qui réduisaient considérablement les lieux de recherche.

Une fois Hans réveillé, ils s'assirent sous le débord d'un toit à l'abri des flocons. L'enfant avait le regard triste des mauvais jours. Valaire s'en aperçut.

— T'en fais pas, cette fois c'est moi le chasseur, pas lui.

L'enfant sourit tristement en déchiffrant ces mots sur les lèvres de son père puis posa sa tête contre son épaule. Entre eux, ces instants étaient de plus en plus fréquents. Réticent au début, gêné et malhabile, le contrebandier s'y était peu à peu habitué, même devant le chanoine qui voyait dans cette relation la volonté de Dieu de réunir les hommes. Seul l'ancien syndic avait trouvé à redire, estimant que les affirmations de Valaire ne suffisaient pas à établir une filiation, ce à quoi personne ne prêta la moindre attention.

Après avoir avalé une bouillie d'orge et mouillé de lait quelques morceaux de sérac, Valaire rejoignit sa cabane. Dedans, pas de rangements, ni de feu. Il gardait l'habitude de chauffer des galets pour les placer autour de sa paillasse. Au sol, un lit de fougères déjà rousses. Il s'y était pris de telle manière pour calfater les troncs à l'aide de mousses que le froid n'y pénétrait pas. Comme porte, il avait installé un double parement de toile épaisse, l'un pour couper le vent, l'autre pour empêcher le peu de chaleur de s'échapper.

Valaire inspecta les lieux avec une sorte de retenue. Dans son for intérieur, il savait sa décision risquée. Sa blessure à peine guérie et son bras impotent auraient dû le dissuader de partir à la recherche de son agresseur. Pourtant, il lui fallait retrouver celui qui avait failli lui arracher la vie.

Il avait bien pensé attendre les beaux jours, mais à l'idée que son agresseur pût lui échapper, il sentait naître en lui une telle révolte qu'il se savait incapable de patienter les cinq ou six mois d'hiver.

Une fois chaussé de ses gamaches pour se tenir les pieds et les jambes à l'abri de la neige, il endossa son manteau en peau de bouc. Y déposa dans l'une des poches une poignée de sel pour conjurer le sort. Traditionnellement, la couleur blanche du sel permettait de s'opposer aux forces noires des ténèbres. Et par son pouvoir corrosif, il était indiqué pour triompher de toute chose inexplicable ou redoutée et éloigner le « puant », mot employé pour ne pas avoir à prononcer celui de diable.

Hans le regardait.

— T'inquiète pas…, dit Valaire en lui ébouriffant les cheveux, dans une paire de jours, j'serai de retour.

Malgré leur proximité, il se trouvait démuni de mots quand il était question de sentiments. Il sentait bien qu'il y avait mieux à dire ou à faire. En lui remuait une eau douce et légère qu'il aurait aimé voir jaillir sous forme de mots. Enfant, il lui semblait avoir connu ces instants-là, des choses belles vécues aux confins des souvenirs quand sa mère était là, ses frères aussi. C'était très loin en lui, au-delà de ce dont il pouvait se souvenir.

Regardant Hans, il le dévisagea. L'enfant pleurait en silence. Deux coulées de larmes grises traçaient sur ses joues comme des barreaux. Son visage était différent des autres fois, ni absent ni rêveur comme souvent, seulement triste. Une tristesse que Valaire ne supportait pas.

Alors dans un geste d'inconscience, pareil à ceux qu'il avait vu faire parfois par son père ou ses frères, il lui sortit des frusques chaudes de sous sa paillasse et lui lança une paire de gamaches qu'il lui avait taillées à la mesure de son pied les jours précédents.

— Mets-y pour voir si elles te vont.

L'enfant ne se fit pas prier. Ses sabots défaits, il les enfila comme des gants. Se vêtit en hâte, maladroitement pour les manches qu'il ne savait pas enfiler puis se présenta comme une recrue à l'inspection.

210

– Te manque un chapeau...

Valaire en tailla un en trois coups de coutelas dans un sac de chanvre, chapeauta l'enfant, rectifiant au passage le haut du col pour faire barrage à la neige. Après s'être muni de quelques vivres, il souleva la toile barrant la porte.

Dehors la neige tombait maintenant en flocons serrés et rapides. Une neige à gros points dont les jours laissaient filtrer une lumière crayeuse, semblable à de l'eau de chaux. Ici, la longue trame des flocons se distinguait encore par opposition aux ombres violines des sous-bois. Mais plus haut, quand la forêt ferait place aux alpages, on ne distinguerait plus rien de la terre ni du ciel. Tout un monde blanc dans lequel Valaire prenait le risque d'entraîner le petit Hans, seul être pour qui il nourrissait pourtant des sentiments.

# 17

Ils marchèrent longtemps. Valaire, devant, allait d'un pas lent qui fendait la neige d'une trace profonde. À le voir ainsi, perdu dans une immensité neigeuse qui soudait le ciel à la terre, on l'aurait cru à la recherche d'un chemin ou d'un passage ; il savait pourtant précisément où il allait. Dans sa foulée, le petit Hans le suivait sans effort. Durant la première heure, pas un mot ne fut échangé. De temps à autre un raclement de gorge, un soupir, un juron, rien d'autre qui aurait pu érafler ce silence molletonné.

Passée la montée du Boray, ils obliquèrent pour contourner le lac de la Vogeale. Seule la connaissance des lieux permettait de se repérer. Les eaux du lac étaient figées dans un glacis duveteux que l'œil confondait avec la neige alentour.

Valaire avança en bordure du lac puis s'en éloigna par la droite. Il cherchait à rester à distance de la pente, préférant les ombres bleues des grands sapins à l'étendue dégagée du bord de l'eau, trop visible, trop repérable. À main gauche, Pointe Rousse dominait, encapuchonnée d'un blanc épais qui arrondissait ses formes. Un peu plus loin, la faille de la Combe aux Puaires, puis celle d'Oddaz dont les déversoirs étaient, eux aussi, mangés par l'épaisseur de la neige.

Valaire leva les yeux pour prendre le pouls du ciel. Un drap grisâtre en fermait l'accès comme posé sur les pointes alentour.

Le faux saunier s'arrêta. Ces hautes terres étaient les siennes. Tant de fois, il s'y était rendu, chargé ou non de sacs de sel, seul ou en convoi, qu'il pouvait nommer sans les voir ces sommets qui l'observaient de loin, pareils à un cénacle de vieux monarques. Ici comme ailleurs, il ne priait jamais, ne demandait rien à Dieu ni à personne. À peine si parfois, il rendait grâce à ces forces minérales de lui donner la force de ne pas flancher.

Cette fois pourtant, il mit un genou au sol et indiqua au petit Hans d'en faire autant. Puis, les deux mains jointes, il laissa couler des mots. Il lui semblait depuis son retour à la vie que ces instants se faisaient de plus en plus nombreux. Dans un premier temps, il avait mis cela au compte de la fatigue, du sang perdu, d'une alimentation faite d'herbes et de bouillons, de la proximité avec la mort aussi, qu'Angeline et le chanoine avaient plusieurs fois évoquée en sa présence. Lui ne ressentait pas les choses ainsi.

Cet instant de recueillement passé, il tenta de percer la brume au-delà des eaux du lac. C'était là qu'il voulait se rendre, sur l'autre rive. Dans ce pauvre abri utilisé par les bergers durant l'estive. Lui-même s'y était parfois arrêté. Quatre murs de pierres empilées à la diable, un toit de foin, une porte aux gonds de bois taillés dans la masse par les hommes aux heures lentes de l'été.

Même s'il lui paraissait difficile de vivre ici en hiver, Valaire en était arrivé à la conclusion que son agresseur ne pouvait avoir d'autres repaires. Ici, l'eau ne manquait pas, la pêche était bonne dans les eaux du lac, les marmottes nombreuses. Il suffisait de les extirper de leur terrier à l'aide d'un crochet de fer.

Valaire fit signe à l'enfant de le suivre le long des arbres. Les grands épicéas crayonnaient la neige de leurs ombres gris foncé, laissant de loin en loin tomber quelques balais d'aiguilles. Le contrebandier montra de la main. La cabane était là-bas. À l'intérieur ni lueur ni fumée. Rien qui signalât une présence. Partout alentour un silence immobile, éraflé de temps à autre par une branche qui se déchargeait de son poids de neige avant de retrouver, en dansant, sa position d'avant.

Valaire se baissa autant qu'il le pouvait. Sa blessure l'avait affaibli, il en avait ressenti les effets dans la montée du Boray où plusieurs fois le souffle lui avait manqué. Son bras mort ne lui serait d'aucun secours, il le savait. Son poitrail non plus. Hormis la surprise, il ne pouvait pas compter sur autre chose pour estourbir son adversaire.

À quelques mètres de l'entrée, il s'accroupit dans la neige.

— Vas-y voir, murmura-t-il à Hans, et pas de bruit, hein !

C'était vrai que son souffle était court, ses mots hachés. Douleurs, séquelles, altitude, peur de l'affrontement, chaque chose pesait son poids sur cette poitrine à demi défoncée.

L'enfant se faufila jusqu'au mur. Sa trace était si légère qu'on l'aurait dit effleurant la neige. À hauteur de la porte, il se releva, posa l'oreille sur le bois et attendit. Valaire respirait par saccades. Quand il vit l'enfant se couler au sol, il comprit.

Il avait vu juste. C'était bien là qu'était réfugié son agresseur.

— Foi de Dieu, cracha-t-il, tu sais pas ce qui va te tomber, pouillerie. Attends de me voir et tu vas regretter d'être en vie.

Le sang mauvais lui chauffait les veines. Si ces dernières semaines il semblait avoir retrouvé un peu de mesure, face au danger ses instincts d'écorcheur reprenaient vie. Tête rentrée et dos courbé, il rejoignit l'enfant en quelques

215

enjambées. Sa mine des mauvais jours traduisait son envie de faire couler le sang, celui de l'autre ou le sien, il s'en fichait.

D'un coup d'épaule il enfonça la porte.

À l'intérieur régnait un noir de cave. Une pénombre ourlée de longs fils de lumière grise qui s'échappaient d'entre les pierres. Au sol, une odeur d'étable froide, mélange de foin et d'excréments.

En un bond, Valaire fut sur la paillasse, les mains en avant. Sous ses doigts, une forme : un sac, un corps ? Il n'en savait rien alors il serra à s'en faire exploser les jointures des os. Aux maigres mouvements, il comprit qu'il ne s'était pas trompé. De son bras valide, il tira le corps dans la lumière de l'embrasure.

— Montre-toi, pouillerie !

L'homme qui lui faisait face, ou du moins ce qui en restait, avait le teint hâve de ceux qui comptent leurs heures.

Il hoqueta deux ou trois mots.

— Quoi ? cracha Valaire en le secouant.

L'homme tenta de parler, de se maintenir debout par lui-même, ce que visiblement il ne pouvait pas. Dans un sursaut, il réussit à articuler :

— T'es qui… toi ?

— Valaire, c'est mon nom, mais ça te dit rien, hein ?

L'autre resta avachi sur ses jambes.

— Et ça, beugla Valaire en découvrant son torse, ça te rappelle rien ?

Aux yeux que fit l'autre, Valaire comprit qu'il avait tapé juste. Dès ses forces retrouvées, il avait passé des heures entières à lister de mémoire les lieux et les caches où un homme seul pouvait se réfugier. Sur ce versant de la vallée, il n'y avait pas une grotte, pas une crevasse, ni un fond de

216

combe qu'il ne connût. Les répertorier fut aisé, les sélectionner un peu plus long. Mais au final, il ne lui restait que ce lieu et un autre, plus haut vers le départ du col de Cou.

Le tenant toujours par la gorge, il s'approcha et le flaira :

— Tu sens le pourri…

L'autre tenta de s'écarter.

— Comme t'es là, t'en as plus pour longtemps, mon gars…

L'autre ouvrit la bouche, tenta d'articuler quelques mots, mais rien ne vint. Ainsi tenu par le haut du col, les jambes mortes et les bras lourds, il ressemblait à un mannequin de quintaine après l'épreuve, enfoncé, désarticulé, prêt à se vider du foin d'où il tirait forme.

— Ça serait pas ta piote qui te tiraille ?

Valaire était à la manœuvre comme il savait le faire. D'une bourrade, il envoya le petit homme s'affaler sur sa paillasse et lui trancha son haut-de-chausse d'un coup de coutelas. L'homme tenta de s'échapper, en vain. La claque qu'il reçut en pleine tête lui coupa le souffle.

— Alors, ta piote, qu'est-ce qu'elle a ?

Pas besoin d'être grand clerc pour juger de l'état de la blessure. Le genou n'avait plus ni forme ni couleur, du moins pour ce que l'on pouvait en deviner.

Valaire l'agrippa par une jambe et le traîna dehors.

— Ben, ma vache, j'comprends que tu trembles de tous tes membres.

Si la pitié des hommes avait existé, elle aurait pu trouver ici sa place. Dans la neige, un homme décharné, affamé et sale, tremblant de fièvre depuis des jours, sans force, cherchant à respirer quelques bouffées d'air frais avant son dernier hoquet. Sa vie coulait de sa blessure, il le savait, le sentait, c'était pourquoi il gardait les yeux fermés.

Valaire s'approcha en reniflant.

– T'as mal ?

L'autre le regarda avec un air de Christ en croix. Puis laissa aller sa tête contre son bras, comme un oiseau met son bec sous l'aile avant de mourir. C'en était fini de ses colères et de ses éclats de voix. C'en était fini de sa brutalité aveugle contre ses enfants, sa femme et tous ceux qu'il avait frappés, avilis et terrorisés. Il était là, pitoyable corps, glacé de froid et de fièvre, attendant que Dieu voulût bien le délivrer du fardeau de sa vie.

Valaire s'agenouilla pour inspecter la blessure, monstrueuse. Dans la bagarre qui avait failli lui coûter la vie, le contrebandier avait eu le temps de lui asséner un monstre coup de hache sur le genou. L'articulation avait explosé, des lambeaux brunâtres pendaient tout autour, les chairs étaient fendues à force d'être enflées allant du rouge brique au noir, couvert de caillots et de sanies jaunâtres.

Découvrant son œuvre, Valaire se souvint de sa propre blessure.

– T'as mal, hein ?

Modeste Charmoz le dévisagea. Il aurait voulu se rebeller une dernière fois, pour ne pas flancher même dans ces instants, mais les mots ne venaient plus, les insultes non plus.

– T'as pas le choix : soit tu réponds, soit j'te crève.

Le petit homme prit appui sur un coude.

– Qu'est-ce... tu veux ? Ton sel... j'lai plus, j'lai vendu.

– M'en fous du sel.

– Ah...

– Le père et les deux mômes, c'est toi ?

L'autre se protégea la tête du bras.

– Bon Dieu, c'est toi ou pas ? hurla Valaire.

218

Il le secouait comme on vide un sac, vite et fort. Il voulait une réponse, tout de suite. Pour avoir déjà vu des condamnés passer à la question, il savait qu'il fallait aller vite avant que l'autre ne se taise pour de bon.

– Tu parles ou j'te fouille le genou à coups de lame.

Il empoigna son coutelas et le passa devant les yeux du mourant. Malgré le froid, le petit homme suait d'une sueur épaisse qui lui collait au front. Tout son visage était déjà mort, seuls ses yeux vivaient encore. Alors, dans un dernier sursaut, il lâcha d'une voix rouillée :

– C'est moi... ça te va ?

Valaire s'approcha, la lame en main. Il lui appartenait désormais d'appliquer sa justice et de replonger dans cette insondable violence qui l'enivrait. Au moment de trancher une vie, ses yeux croisèrent ceux du petit Hans, blotti contre le mur, les mains sous les aisselles.

– Quoi ? s'entendit aboyer Valaire.

Puis ses yeux revinrent sur Modeste Charmoz, résigné cette fois, incapable de se défendre de quelque manière que ce fût.

Valaire regarda de nouveau Hans qui le dévisageait avec un regard distant. Un regard comme il ne lui en avait jamais vu depuis leur première rencontre au bord du lac en formation.

Valaire aurait voulu en finir vite. Ces gestes-là se faisaient sans réfléchir, sans surtout hésiter, car il en allait en général de sa propre vie. Il était vrai que, en la circonstance, tuer un mourant ne figurait pas au rang de ses habitudes, et pour tout dire Valaire ne se souvenait pas un jour l'avoir déjà fait.

Hésitant, il se tourna de nouveau vers son fils. Celui-ci le dévisageait toujours, admettant une décision qui n'aurait pas été la sienne s'il avait été en âge de juger. Il ne condamnait pas, ne jugeait pas, regardait seulement avec ce retrait du buste et des yeux qui en disait plus long que des mots.

Valaire se releva, s'approcha de Hans.

— On va le ramener au camp, dit-il d'une voix essoufflée. Après tout, c'est au chanoine de décider…


Il ne fallut pas longtemps au contrebandier, aidé de Hans, pour construire un traîneau. Quelques branches dures taillées au coutelas, des liens de corde, des traverses de branches souples, deux brancards à l'avant pour tirer, une corde à l'arrière pour freiner. Il était courant d'agir ainsi pour descendre le gibier, cerf, chamois ou bouquetin, quand la pente et la distance s'y prêtaient. Lorsque les bêtes avaient été abattues dans la pierraille des sommets, c'était à dos d'homme que se faisait le retour.

Une fois le traîneau assemblé, ils installèrent Modeste Charmoz dessus, l'attachèrent, les yeux tournés vers le ciel, au cas il n'aurait pas supporté le voyage. Ce qui lui restait de paillasse lui servit de couverture, épaissie de quelques brassées de foin. Son visage avait la couleur d'un cierge finissant.

Contourner le lac ne leur prit pas longtemps. La neige tombait finement maintenant, perlant le jour d'une blancheur nacrée. Après vint la descente du Boray, pauvre sente étroite qui courait le long de la paroi verticale. Placé à l'arrière, Valaire s'était enroulé une longueur de corde autour d'un bras afin de ralentir la vitesse du traîneau. Mais sitôt dans la pente, il sentit les forces lui manquer. Il avait beau enfoncer les talons dans la neige pour se ralentir, son corps avait perdu la force brutale qui l'habitait.

Plusieurs fois, il lui fallut chercher des failles ou des arêtes où se bloquer. Il restait là, haletant, aveuglé par la neige, s'employant à une tâche inutile et exténuante pour des raisons qu'il ne s'expliquait pas. Il aurait été si simple d'estourbir le petit homme et de le ficeler sur le toit de la cabane, à l'abri des nocturnes en attendant l'été pour venir l'ensevelir.

La descente dura une partie de la matinée. À laquelle il fallut ajouter encore deux bonnes heures pour rejoindre le campement. À bout de forces, Valaire s'était placé entre les brancards, demandant de temps à autre à Hans de l'aider quand la pente se faisait plus raide. À l'approche des huttes, Valaire appela :

– À moi… vous autres !

Ses mots furent aussitôt avalés par l'épaisseur molletonnée de la neige. L'air était coupant, sa gorge en feu. Encore quelques pas. Encore quelques coups de reins qui lui arrachaient chaque fois les chairs du côté de sa blessure. À un moment, il voulut passer ses doigts sur la plaie pour voir si elle ne s'était pas rouverte. Mais à l'idée qu'il pût mourir ici, dans cette immensité gelée, sa révolte l'emporta.

– À moi… Bon Dieu, à moi !

Cette fois son appel éveilla un écho.

– Qui c'est ?

Deux silhouettes avancèrent, enveloppées dans des manteaux de neige.

– C'est moi, Valaire…

L'un des hommes approcha, un gourdin tenu à deux mains.

– Montre-toi qu'on te reconnaisse.

Valaire releva la tête et regarda celui qui lui faisait face. C'était Sorlin, l'homme qui avait dû, sur l'injonction du chanoine, construire seul et de ses mains la geôle à l'écart du campement. Il inspecta Valaire, soucieux de ne pas commettre une nouvelle erreur risquant de lui valoir, cette fois, le bannissement.

— T'as pas belle tête, mon gars.

Et en même temps, il le prit sous l'aisselle pour le soutenir. Mais son geste arriva trop tard. Valaire sentit ses jambes se dérober puis son corps lui échapper. Il se revit dans la descente du Boray, une heure plus tôt, sentit le traîneau prendre de la vitesse et partir dans la pente. Il avait beau serrer fort le manteau de Sorlin, la corde qui l'arrimait au traîneau filait entre ses doigts. Dans un dernier sursaut, il parvint à crier :

— Hans, gare-toi de là, le traîneau part !

Quand il se réveilla, il était allongé sur quelque chose de dur et de froid. De la terre peut-être, ou de la glace. Vivant ou mort ? il ne savait plus très bien. Tout avait la grisaille des choses confuses. Il bredouilla :

— Hans, j'ai pas pu tenir, j'ai pas pu… la corde a glissé.

En sentant une main sur son front, il s'apaisa, puis tenta d'ouvrir les yeux, ses paupières étaient lourdes. Ces doigts, cette main, ce souffle étaient agréables pourtant, doux et légers.

— Hans, réclama-t-il.

— Il est là, répondit une voix de femme.

— Où ?

Il tendit la main et trouva celle de son fils. Alors seulement, il consentit à ouvrir les yeux. Il n'y avait plus ni grisaille ni enfer ni menace ni jugement. Il était allongé au pied de l'autel de la chapelle, à même le sol. À son côté, Hans, assis à croupetons le regardait. Le voyant se réveiller, l'enfant tenta un sourire, un pâle rictus en fait qui n'effaçait rien de son inquiétude. Face à lui, Angeline lui caressait les

222

cheveux. C'était cette main qu'il avait sentie aux premiers instants de son réveil. Ses doigts fins, bien que rougis par le froid, avaient la douceur des choses toutes neuves.

Plus il s'éveillait, plus il savait que cette caresse allait s'interrompre, cette main s'arrêter. Alors, avec malice, il ferma de nouveau les yeux, pareil à un dormeur au bord du sommeil.

La main continuait, il était bien. Pourtant quand il rouvrit les yeux, il découvrit dans les yeux d'Angeline un regard noir, inhabituel.

— Ça va ? demanda-t-elle doucement.

Il hocha la tête pour dire oui. Puis se souvint. La bagarre, le retour exténuant, les glissades incessantes dans la descente du Boray et l'infernal effort pour remonter jusqu'au campement.

— Et l'autre, où qu'il est ?

— Là, répondit Angeline, sèchement, le doigt pointé sur un corps couché au pied d'un banc.

On la sentait tourmentée, prête à se lever et à sortir. À ses lèvres écorchées, mordillées de l'intérieur, on devinait son trouble, fait d'un mélange de peur et de tourments. Brusquement, Valaire demanda :

— Il est mort, le Modeste ?

— Non, il respire encore…

Ce fut le mot de trop. Après un pincement de lèvres, elle éclata en sanglots. Son visage, ses mains, ses joues, tout s'inonda d'un coup de ce trop-plein de larmes impossible à contenir. Elle se cacha les yeux, les mains à plat sur les paupières, cherchant néanmoins à ne pas se montrer sous un jour autre que celui qu'elle désirait. Même dans cette pénombre froide de fond d'église, elle se voulait femme. Femme blessée, certes, meurtrie, inquiète. Mais femme avant tout, sûre de ses grâces et de leurs effets.

Dans un demi-sanglot, elle demanda :

– Qu'est-ce qui t'a pris de le ramener, il était mieux là-haut !

– Ma foi…

– Et maintenant, qu'est-ce qu'on va faire nous autres, moi et mes petits ? Il sait que nous frapper. Pour lui, les coups, les mauvaiseries, les rapines et les roueries, y a rien d'autre.

Angeline tremblait en parlant, de petits mouvements qui lui secouaient le corps et la voix. Elle avait beau serrer fort ses mains sur sa poitrine, elles lui échappaient comme des oiseaux fuyant leur cage. Alors à bout de larmes, à bout de mots, elle se laissa tomber à genoux.

– Protège-moi, Valaire, pleura-t-elle, j'ai personne d'autre.

Et en même temps, elle approcha son visage jusqu'à unir son souffle à celui du contrebandier. Elle aurait aimé qu'il dise oui, qu'il l'attire contre son corps pour la rassurer, lui dire qu'elle ne risquait rien tant qu'il serait là. Il resta muet pourtant.

Alors elle s'allongea, se roula contre son corps, lui posa une main sur la poitrine et se mit à écouter battre son cœur. Valaire regardait droit devant lui. Le toit de planches laissait passer des jours par places, la croix paraissait immense et noire les observant de haut, les jugeant peut-être. À un moment, il sentit l'haleine d'Angeline s'unir à la sienne. Elle se fit murmurante :

– Ne me laisse pas, souffla-t-elle, la main posée sur son poitrail, ne me laisse pas.

Valaire ne répondit pas. Son fils sorti, il crut trouver le courage de parler à Angeline, pour lui dire que depuis long-temps il n'était plus un homme. Depuis le jour où des gapians l'avaient attrapé en forêt et l'avaient à demi émasculé avant de lui brûler la face avec une serpe rougie, convaincus

224

ainsi de le reconnaître partout où il passerait. Il eut envie de dire à Angeline qu'elle lui plaisait. Que son corps lui faisait envie, ses lèvres, sa bouche aussi, mais qu'il ne savait pas aimer. Du moins pas comme un homme peut aimer une femme.

Il eut envie mais ne dit rien.

## 18

À matin du troisième jour, Modeste Charmoz vivait encore. Sur les ordres du chanoine, on l'avait sorti de la chapelle pour l'installer à l'écart dans ce qui tenait lieu à la fois de magasin pour les vivres et de bergerie où étaient réunies les quelques brebis et chèvres sauvées des eaux.

Peu amène, le chanoine s'en était tenu aux gestes essentiels d'assistance aux gisants, huiles et onctions avaient été, pour la circonstance, remplacées par des prières vite récitées à l'entrée de la cahute. Humbert, un temps dévoré par le feu mystique de l'organisation, avait dû se rendre à l'évidence. La poignée d'hommes valides et les quelques femmes et enfants ne lui étaient pas d'un bien grand secours pour construire cette communauté tant espérée.

La plupart des réfugiés n'avaient pour seul souci que leur survie. Dans les premiers temps de l'hiver, plusieurs décès étaient survenus laissant craindre une épidémie. On brûla des paillasses, on enterra les vêtements des défunts, on écroula leur hutte que l'on enfouit sous la terre, avec leurs maigres affaires, pour éviter aux miasmes de se répandre. Effet du froid ou judicieuse maîtrise de la maladie, il n'y eut pas d'épidémie.

Pour rendre grâce à Dieu d'avoir entendu leurs prières, Humbert décréta trois jours de jeûne en dehors de tout commandement religieux. Il fallait s'y soumettre, alors on s'y soumit. De mauvaise grâce, la plupart attendant que tombe le jour pour se nourrir dans la pénombre des cabanes et à l'abri des regards.

Humbert visitait deux fois par jour le mourant, l'incitant à se mettre au plus vite en accord avec Dieu avant d'être accueilli en son royaume. Trop faible pour se rebeller, Modeste se pliait à toutes les demandes en échange d'une soupe clairette de lait et de rave que le chanoine prélevait sur les provisions communes.

Quand Angeline s'en plaignit, arguant du peu de nourriture dont elle disposait pour ses enfants, le chanoine ouvrit grand les bras. Il y avait de l'emphase dans son geste, une dimension mystique, quelque chose d'inattendu et en même temps de déplacé.

— Qui te dit que je le nourris pour qu'il vive ?

Angeline dévisagea le chanoine, entre interrogation et incompréhension.

— Mais vous voyez bien qu'il reprend des forces.

— Et alors ?

— Alors tout va recommencer comme avant : les coups, les insultes, le fouet pour les petits, le gourdin ou la canne de jonc pour moi. Quand il sera échauffé, ça recommencera.

À bout de nerfs, elle ajouta :

— Vous le savez, je vous l'ai dit pourtant.

— Je t'ai entendue, ma fille, fit le chanoine.

Humbert avait adopté cet air hautain, propre à ses yeux à mettre de la distance entre les faits et la morale. Écouter ne voulait pas dire juger et encore moins pardonner. Pour preuve de la justesse de son rôle, il ajouta, les épaules légèrement haussées :

— J'ai aussi noté tes soupçons pour la mort des enfants et de leur père.

— Et le forcement aussi…

— Aussi, admit Humbert du bout des lèvres, répugnant à prononcer le mot afin de ne pas avoir à imaginer l'acte.

— Et alors ? demanda Angeline excédée.

— Alors si la justice des hommes rejoint celle de Dieu, je n'aurai pas nourri cet homme pour qu'il vive mais pour le conduire à la mort.

— Je ne comprends pas, fit Angeline, perdue dans ce flot de mots qui semblaient annoncer une chose et son contraire.

La voyant ainsi, humble et démunie, Humbert redevint l'homme de foi des premiers jours. Avec un ample mouvement du bras, il lui tendit la main :

— Viens, ma fille.

Angeline se précipita. Il lui fallait faire vite, obtenir aide et protection, être éclairée sur l'avenir de cet homme qu'elle avait pour mari et accessoirement sur le sien. Dût-elle boire le ciel, elle était prête à tout pour ne pas connaître de nouveau le tourment des années passées. Elle s'approcha, faible et belle, les cheveux en poignée, le visage offert.

À sa surprise, le chanoine recula, enfouit ses mains sous le couvert de ses manches. Il n'attendait rien d'elle, c'était visible pour qui les avait connus aux premiers jours de leur rencontre. Angeline ne comprit pas d'emblée et avança, mains offertes, jusqu'à effleurer le chanoine.

— Mon père...

Le chanoine gardait les yeux au loin. D'une voix basse et assurée pourtant, il lui jeta :

— Mes errements des premiers jours ne sont plus, ma fille, je me suis soumis en pénitence à la volonté divine qui a su m'entendre.

« Tant de mots pour dire si peu », pensa Angeline qui, du même coup, ne comprenait plus en quoi le chanoine pouvait lui être d'un quelconque secours. Perdue, elle se laissa glisser à genoux.

— Relève-toi, ma fille, ordonna Humbert.

Son autorité de façade s'était muée en une attitude moins dure. Il baissa les yeux vers Angeline et chercha son regard.

— Tu n'as rien à craindre au sein de notre communauté. Je l'ai voulu tout entière dédiée à Dieu. Si tout n'est pas facile, nous y parviendrons par la grâce de Jésus-Christ notre Seigneur.

— Et Modeste ?

— J'ai pris la décision de mener son procès, avec pour lui les mêmes droits et devoirs que s'il s'était déroulé dans le mandement du duché de Savoie.

Angeline voulut parler, Humbert lui imposa silence.

— Je lui permets de vivre tant qu'il est faible. Après il travaillera comme nous et dormira chaque soir dans la geôle construite à l'écart du campement. J'ai demandé à Orban de lui forger des fers, il les portera sitôt qu'il le pourra.

Angeline ne savait quoi penser. Rassurée dans l'instant, elle sentait bien qu'au final rien n'était résolu. Que Modeste réussît par l'une de ses filouteries à se sortir de cette impasse, et c'en serait fini de sa vie. Le chanoine parlait pourtant juste, incarnant à la fois la justice de Dieu et la loi des hommes. Elle avait confiance et peur en même temps.


Dans les semaines suivantes, la vie reprit ses droits. Deux naissances vinrent rassurer les femmes et occuper la matrone qui avait repris du service avec force et vigueur. Ses vies nouvelles coupaient court aux bavardages, appelés ici babolages, sur l'infertilité des hommes depuis leur présence au camp. On avait accusé les lieux trop humides, l'orientation peu propice, l'insalubrité des cabanes. En sourdine, rampaient d'autres peurs.

Tout le monde y allait de ses hypothèses espérant en secret qu'une naissance réussie viendrait mettre un terme à ces rumeurs ; ce qui fut fait.

Valaire reprit sa place parmi les hommes, avec peine. On le sentait soucieux de la neige tombée en abondance, des vivres bientôt manquants, et plus encore de la présence de Modeste Charmoz. Au fond, il se sentait coupable de n'avoir pas donné le coup fatal que personne ne lui aurait pourtant reproché.

Plusieurs fois, il approcha Angeline. Sa mine se défaisait, son corps s'appauvrissait. De belle femme, elle était devenue une parmi les autres comme si le tourment la dévorait de l'intérieur. La seule idée de savoir Modeste enchaîné au fond de sa geôle la terrorisait. Elle le savait capable de tous les commerces, prêt à acheter, corrompre, séduire ou mentir. Peu importait la façon de s'y prendre, il était capable de tant de ruses pour en arriver à ses fins.

Quand il fut acquis qu'il vivrait, l'inquiétude d'Angeline se mua en angoisse. Chaque jour, elle faisait d'inutiles détours pour ne pas l'approcher. Même l'apercevoir ou le deviner lui coûtait. Si elle avait pu se réfugier au profond des forêts, elle l'aurait fait, à condition toutefois que son mari fût hors d'état de l'y suivre. Car si son genou était resté raide, Modeste Charmoz avait fini par retrouver l'usage de son membre. Il bancalait, traînait derrière lui sa jambe morte, accentuait parfois ses souffrances pour qu'on lui libère les pieds de ses chaînes, mais il marchait.

À la surprise de tous, il s'était même mis à de menues besognes, lesquelles l'occupaient autant qu'elles soulageaient les membres de la communauté. Un jour qu'il était en train de refendre du bois, assis sur un billot, le chanoine vint vers lui, froid, presque cérémonial.

— L'heure est venue, Charmoz, lui dit-il d'une voix terrible.

— L'heure de quoi ? blêmit le prisonnier.

En un instant, il avait retrouvé sa mine de menteur à gage. Avec des efforts exagérés, il se leva, montrant ainsi qu'il n'avait rien perdu de son instinct querelleur, mais se rassit aussitôt.

— L'heure de rendre des comptes, lui signifia le chanoine.

— Mais j'ai rien fait, moi.

— C'est le tribunal qui en décidera.

— Le tribunal de quoi ? On est à cent lieues d'une ville, ici, coincés comme des rats…

— C'est vrai, concéda le chanoine, mais nous nous passerons des conseillers du Parlement. Nous avons un ancien syndic ici, quelques villageois de bonne moralité, et ma charge de prieur me confère le droit de justice.

— C'est rien que faux tout ça, s'emporta le petit homme.

— Garde ton avis pour le procès, crois-moi, tu risques d'en avoir besoin. Dans deux jours, devant l'église, précisa le chanoine, doigt tendu comme s'il admonestait un gamin pris en faute. Et d'ici là, pense à ta défense.

Un instant, Modeste Charmoz eut l'envie de saisir sa goyarde pour impressionner, faire peur et ainsi faire valoir plus facilement ses arguments, gagner du temps aussi, repousser à plus tard ce qui lui semblait être une mise à mort décidée d'avance. Mais il se retint avec l'espoir de trouver d'ici là un moyen de s'échapper ou du moins de se soustraire au procès.


Deux jours plus tard, on alla le chercher dans sa geôle au lever du soleil. Bien que le jour fût déjà levé, la lumière n'arrivait pas à percer comme parfois quand le ciel est si bas qu'il s'accoude au bord des sommets. Quand il vit les hommes arriver, Modeste Charmoz se réfugia au fond de sa geôle.

— Allez, c'est l'heure, ordonna le rouquin, vêtu de propre pour la circonstance, soucieux d'être à la hauteur du rôle assigné par le chanoine.

Pas de réponse.

Recroquevillé dans son cul-de-basse-fosse, le petit homme tournait le dos, la tête enfouie entre les bras comme si la peur l'avait subitement rendu sourd.

— Modeste, debout.

L'autre resta inerte, prostré, la joue sur la terre battue pourtant glacée à cette heure du matin. Le rouquin contourna la geôle pour tenter de l'en faire sortir à coups de sabot. Inutile. Modeste Charmoz avait prévu son coup. À demi enterrée, la geôle, mi-cage, mi-cellule, était suffisamment longue pour qu'un corps puisse se recroqueviller dans sa partie inaccessible.

Piteusement, les deux geôliers revinrent rendre compte au chanoine. Sur la placette devant la chapelle, quelques hommes étaient déjà réunis, bras ballants, ou les mains dans les poches pour les tenir à l'abri du froid.

Le chanoine les accueillit sans surprise, écouta néanmoins leurs explications avec prudence, l'œil suspicieux, avant de décider :

— Allez demander à Bernarde, elle saura s'y prendre, elle.

La grosse femme n'aimait pas être dérangée ni dans son sommeil ni dans son réveil, même un matin de procès.

— Quoi ?

Les hommes expliquèrent, se recommandant du chanoine et de l'urgence à agir pour tenter de l'amadouer.

— J'ai compris, coupa la matrone, les deux mains à la peine pour faire entrer sa masse de cheveux sous son bonnet de toile. Allez chercher par là dans le fourbi, c'est là que je remise le tire-bourre.

Les hommes revinrent, une branche noueuse à la main emmanchée dans un double tire-bouchon de fer : un outil, ordinairement utilisé pour extirper les marmottes de leurs trous.

— L'est bien appointé au moins ? demanda la matrone, le pouce posé sur l'une des pointes.

Et elle recommanda :

— Allez-y doucement quand même, faut le laisser entier le Modeste, parce qu'une affaire pareille, ça rentre profond dans la viande hein, et de la viande, l'en a plus beaucoup.


À la vue du tire-bourre, Modeste Charmoz sursauta, se rencogna encore davantage dans l'angle de sa geôle, le plus éloigné. Hormis creuser la terre des ongles et des dents, il n'avait plus d'autre issue que de se soumettre aux ordres du rouquin.

— Alors, tu sors ou on te saigne ?

Il sortit avec une lenteur fatiguée. À part Dieu ou le diable, Modeste Charmoz savait qu'il ne pouvait plus compter sur bien grand secours.

— Faut que je me lave, dit brusquement le petit homme.

— Laisse donc.

— Faut que je me lave, insista-t-il.

À la bourrade qu'il reçut du rouquin, il comprit que les choses allaient en rester là. Il apparaîtrait sous ses traits souillés de terre, dans ses habits fangeux et avec sa boiterie coupable. Démuni, presque pitoyable, il arriva sur la placette, les mains liées dans le dos.

Le chanoine Humbert avait bien fait les choses. Pour la circonstance, il avait dressé des planches en forme d'estrade, deux torches de part et d'autre enfumaient l'air mais n'éclairaient rien. À sa droite un banc où siégeaient ceux qui auraient à juger. Face à eux, le syndic, fièrement dressé comme aux belles heures de sa charge, et au milieu un plot de bois, le siège du prisonnier.

Humbert attendit que la vague de murmures se calme puis leva les bras. Il demandait tout à la fois le silence, le secours de Dieu et sa toute-puissance pour mener à bien ce qu'il considérait comme l'œuvre fondatrice de la communauté. Il y avait là tout ce que le campement comptait de membres. Aux premiers rangs, les hommes, visages graves, chapeau baissé et les mains inutiles. Parmi eux, Bernarde et quelques autres femmes, qui n'entendaient pas se faire voler un rang qu'elles considéraient comme le leur, autant que celui des hommes. Derrière elle, Angeline, entourée de ses enfants, deux dans ses bras, le dernier à son côté.

Toujours debout, Humbert toisa l'assemblée. Il se sentait à la hauteur de ce qu'il avait voulu et de ce que Dieu lui avait accordé : mener les hommes sur un chemin de travail et de droiture, sans errements, sans faiblesse ni compromis.

Au moment où il baissa le bras, sa voix s'éleva sans prévenir, grave et sans intonation :

– Nous sommes là parce que Dieu l'a voulu, parce que dans Son infinie miséricorde Il nous a accordé le droit de vivre pour conduire notre vie selon Ses lois. Nous sommes là aussi réunis pour juger l'un des nôtres : Modeste Charmoz.

À l'annonce de son nom, celui-ci se redressa. À défaut d'être jugé coupable, il avait déjà une mine de condamné. À sa barbe pelée s'ajoutait la terre de sa geôle qui lui maculait lourdement le visage. De sa hargne, il n'avait pourtant rien perdu :

— Pourquoi j'suis là ? demanda-t-il, presque étonné.

— On va te le dire, répondit Humbert, mais avant, tu vas embrasser cette croix, signe que tu t'engages à ne t'en tenir qu'à la vérité.

Le petit homme roula des yeux. Il détestait être sous le regard des autres. Toute sa vie, il avait réussi à biaiser, contourner, cacher sans jamais s'exposer ou en tout cas le moins possible. Face aux autres, il embrassa pourtant la petite croix de buis.

Le chanoine revint sur son estrade.

— Modeste Charmoz, tu es accusé d'avoir occis, voici deux mois et vingt et un jours, le mari et les deux enfants de Suzaine Charlet...

— C'est faux, c'est pas moi.

— Silence, tu parleras quand je t'y autoriserai.

— C'est pas moi.

Le chanoine reprit sur le même ton distant :

— Cette même nuit, profitant de l'éboulement de la montagne de Tête Noire, d'avoir soumis la femme à un forcement.

— C'est faux, hurla l'accusé, mais cette fois le rouquin le rassit avec autorité.

— Et d'avoir attaqué pour le voler le dénommé Valaire ici présent au risque de le tuer.

— Ça c'est vrai : le vol c'est moi, mais les coups c'est par mégarde.

Suivirent ensuite les circonstances de l'un et l'autre méfaits, les lieux, les dates, toutes précisions que le syndic notait avec application sur un carnet de cuir ouvert sur ses genoux. Vint en premier le témoignage de Valaire. Il se leva, les yeux au fond du sous-bois qui s'ouvrait en face de lui.

— J'ai rien à dire.

– Comment ça, s'étonna le chanoine, cet homme est bien celui qui t'a attaqué quand même ?

– Peut-être, j'ai rien vu, faisait nuit.

Un frisson parcouru les rangs. Un frisson de surprise, de doute et de déception. Les choses s'engageaient mal pour une affaire qui paraissait pourtant jugée d'avance.

– Mais enfin, tente de te souvenir, insista Humbert, déçu et démuni d'arguments pour obtenir de Valaire les mots attendus.

– C'est pas que j'me rappelle pas, c'est que j'ai pas vu.

Berthod fut appelé également à témoigner. Ses souvenirs étaient vagues même si ses mots étaient justes. Il marchait plusieurs mètres devant quand survint l'attaque. Il affirma que l'homme était petit, rapide, futé et sans pitié. Autant de mots qui faisaient de Modeste Charmoz un suspect mais pas pour autant un coupable, du moins au sens où la justice pouvait s'entendre.

Alors on appela Suzaine Charlet. La femme avait l'attitude craintive de celles qui ont tout perdu. Si les premiers temps on l'avait aidée et, pour quelques femmes, entourée d'attention, les gestes s'étaient ensuite dissous dans la longueur des jours. On lui donnait encore parfois de quoi survivre, se chauffer aussi. Le rouquin avait bien un temps tourné autour de sa hutte, proposant ce qu'il pouvait pour attirer son attention. Mais elle était restée distante, perdue dans un monde qui lui appartenait et où elle ne souhaitait pas être accompagnée.

– Parle, Suzaine, lui dit le chanoine, inquiet à l'idée qu'elle ne se souvînt pas des évènements.

Alors Suzaine parla. De tout, en vrac, mélangeant le passé, ses sentiments pour son mari, l'amour de ses petits qu'elle avait entendus mourir à quelques mètres d'elle, la douleur ressentie même un sac sur la tête.

— Mais combien étaient-ils ? insista le chanoine, visiblement inquiet à l'idée qu'une responsabilité collective pût gravement entacher la dureté du jugement.

— Je n'ai pas vu.

— Essaie de te souvenir.

— C'est pas possible, ces instants-là j'essaie chaque jour de les oublier.

Assis sur son plot de bois, Modeste Charmoz reprenait vie, ses yeux et ses lèvres souriaient de l'intérieur. À mesure qu'avançait l'interrogatoire, son espoir d'échapper à son sort se confortait.

— Mais enfin, reprit le chanoine, donne-nous un détail, quelque chose qui nous éclairerait.

Suzaine Charlet réfléchit avant de dire :

— Il avait une haleine poivrée.

— Ah, fit le chanoine.

Puis, il se reprit :

— Accusé, approchez-vous de la femme Charlet.

Encadré de Berthod et du rouquin, on amena le prisonnier face à Suzaine. L'un les yeux chassieux, l'autre apeurée, prête à s'enfuir. Elle le sentit sans trop s'approcher, comme on renifle une viande faisandée, au supplice de devoir revivre tant de souffrance. Et d'un coup, elle explosa :

— C'est lui.

Modeste Charmoz fléchit des genoux, pourtant soutenu sous les aisselles par les deux gosses pognes de ses geôliers. Son visage avait pris une couleur de fonte.

— Ribaude, traînée, cracha-t-il la bouche haineuse, qu'est-ce que tu viens m'accuser que tu me connais même pas ?

Suzaine ne répondit pas. Une main sur le front, elle se mit à respirer fort. On la voyait visiblement souffrir du mal qui la dévorait de l'intérieur.

238

— Mon père, dit-elle d'une voix précipitée comme si elle avait craint de ne plus se souvenir de ses mots, je me rappelle.

— Parle, recommanda le chanoine.

— J'ai mordu au sang celui qui m'a fait ça…

— Mordu, où ça ?

— Là, montra Suzaine, en indiquant l'intérieur de son bras entre le coude et l'aisselle.

Cette fois, Modeste Charmoz se révolta avec l'énergie d'un chien à l'attache.

— Menterie que tout cela, jamais personne m'a mordu, menterie, j'vous dis. C'est elle qu'il faut condamner.

— On va voir, trancha le chanoine.

— Voir quoi ?

— Arrachez-lui son pourpoint, ordonna Humbert.

Deux ou trois coups calmèrent les ardeurs du petit homme. Après quoi, on lui enleva ce qui lui tenait encore lieu de fripes, pas plus propres que son corps, couvert de crasse et de croûtes.

— Quel bras ? demanda le chanoine.

— Celui-là.

Suzaine tremblait en parlant. D'émotion, de peur, de se souvenir, de repenser à ses enfants et à son mari, elle tremblait comme pendant toutes ces nuits passées seule, dans le froid ombreux de sa cahute, l'âme et le corps en déroute sans personne pour la secourir.

Les premiers temps, le chanoine Humbert lui avait rendu visite, la nuit principalement. Il lui avait parlé de ses immenses prairies de fleurs bleues qui inondaient les cieux et leur donnaient leur couleur, de la place qui était réservée aux victimes innocentes là-haut sur les balcons du ciel, pour rester proches des humains et continuer ainsi à veiller sur eux. Il donnait ce qu'il pouvait, le chanoine Humbert, s'accordait aussi quelques grâces en caressant les mains, les bras, les joues, la nuque et le cou. Et puis un jour, tout cessa brusquement, comme si avec l'hiver le bleu du ciel avait viré au gris.

Une fois ses bras dénudés, Modeste Charmoz n'avait plus grand-chose à cacher.

— Là, repéra le rouquin.

— C'est un chien, se défendit le petit homme, et y a longtemps de ça.

— Longtemps ? intervint le chanoine, visiblement rassuré par la façon dont tournaient les choses.

— Une bonne paire d'ans, au moins.

Le chanoine prit son temps comme pour mieux préparer le point final de ce procès. D'un regard circulaire, il chercha dans l'assistance Angeline Charmoz, la fit venir, l'installa au premier rang, lui demanda de confier ses trois petits à Bernarde.

— Alors, demanda-t-il d'une voix douce comme pour la rassurer et l'encourager à parler sans crainte, cette morsure de chien, toi sa femme, tu l'as déjà vue.

Angeline prit le temps de sa réponse. Défilaient devant ses yeux immobiles ces milliers de fois où elle avait subi sans raison les foudres de son mari, ses brutalités, ses coups et ses injures. Ses yeux avaient la pureté des âmes propres quand elle répondit :

— Jamais, mon père, sur la Bible je le jure, jamais je n'ai vu cette morsure.

Cette fois, c'en était fini. Dans un dernier sursaut Modeste Charmoz essaya bien encore de faire diversion, mais ses arguments ne portaient plus.

Le chanoine se retira quelques instants, s'isola avec ceux qui faisaient office d'assesseurs, demanda au syndic de le rejoindre. À leurs mines sombres, et à leurs têtes opinantes, l'assistance comprit que l'issue du jugement ne faisait plus guère de doute.

Quand il revint sur son estrade, le chanoine avait son visage d'homme de foi, rude jusqu'à la gravité, distant et froid.

— Modeste Charmoz, lève-toi, ordonna-t-il avec une autorité qui valait brutalité.

Le petit homme s'exécuta, aidé de ses gardiens.

— Tu es condamné à être pendu, la sentence sera exécutée demain au lever du soleil. D'ici là, gardes, accompagnez-le dans sa geôle et surveillez-le nuit et jour.


L'assistance se dispersa. Le rouquin, aidé de Berthod, fut chargé de dresser une potence contre le tronc d'un épicéa. À cette altitude, les feuillus étaient rares et maigres, leurs branches trop fines pour pouvoir y pendre un homme, fût-il décharné ; alors on s'en remit au bois de charpente.

De tout le procès, Valaire ne bougea pas. Pourtant concerné au premier chef, il lui semblait que ce procès n'avait pas lieu d'être. Les images passaient devant ses yeux sans rien éveiller qui pût l'émouvoir. Dans sa mémoire profonde restait pourtant fiché comme une écharde le souvenir de son frère, son procès, le temps long de l'infamie puis celui, insupportable, de l'exécution. Cela personne ne le savait. Pas plus les habitants de Sixt que ceux de Samoëns ou de la vallée du Haut Giffre. Le chanoine aussi l'ignorait.

Quand il vint à la rencontre de Valaire pour lui demander d'être demain l'exécuteur des basses œuvres, il était acquis que celui-ci accepterait.

Le lendemain à l'heure dite, quelques rares membres de la communauté attendaient devant le gibet. Sinistre par nature, l'endroit et l'ombre qui y régnaient rehaussaient encore cette impression de lieu à ne pas montrer. Les exécutions étaient pourtant prisées, mais pas en de telles circonstances. Les grandes places, pleines de lumière et de foule, avaient la préférence des autorités tant administratives que religieuses. Ici, on avait fait avec ce que l'on pouvait.

Le chanoine était là, vêtu de sombre pour l'occasion. Les assesseurs aussi, dont certains auraient bien aimé échapper à la mise à mort. Berthod et le rouquin attendaient, pas très fiers, dévoués pourtant à défaut d'être consentants.

Quand ils ramenèrent Modeste Charmoz, le tenant l'un et l'autre sous les bras, personne ne voulut croiser le regard du condamné. D'un coup d'oeil rapide, celui-ci chercha à reconnaître qui allait assister à sa fin. Dans cette pénombre de matin sombre, il distingua à peine quelques visages, des hommes pour l'essentiel, accompagné pour deux d'entre eux de leurs femmes serrées dans leurs habits de nuit.

— Valaire ? appela le chanoine d'une voix blanche.

Le contrebandier s'avança, le dos fatigué, la mine rentrée.

— Veux-tu bien m'assister ? lui demanda le chanoine.

À trois, ils firent monter Modeste Charmoz sur le billot de bois qui lui avait tenu lieu de siège lors du procès ; le chanoine lui passa la corde autour du cou et, après lui avoir présenté son petit crucifix de buis à hauteur des yeux, donna l'ordre à Valaire de chasser le billot d'un coup de pied.

Rien ne se produisit.

— Allez, mon fils, le Seigneur nous regarde dans son infinie miséricorde.

Toujours rien.

Le chanoine dévisagea alors Valaire.

— Qu'est-ce qui te prend, tu as peur ?

242

Le contrebandier l'empoigna alors du regard. Un regard serein, reposé, comme celui d'un homme en accord avec lui-même. L'instant dura longtemps. Tous attendaient un geste, ce furent des mots qui jaillirent :

– Mon père, dit Valaire d'un ton doux, si Dieu m'a rendu à la vie, c'est pas pour enlever celle d'un autre.

Dans la confusion qui s'ensuivit, personne ne vit Suzaine se faufiler et lancer le coup de pied qui allait envoyer Modeste Charmoz dans cet autre monde que personne ne connaissait.

*Épilogue*

Cette année-là, l'hiver fut si court et si clément que le gel ne réussit pas à figer suffisamment les eaux du lac en formation. Quatre mois plus tard, la poche d'eau se rompit inondant toute la vallée sur plusieurs lieues de distance, entraînant à nouveau misère et désolation. Mais cette fois, aucune victime ne fut à déplorer.

La communauté sut une nouvelle fois faire face aux circonstances. Valaire ouvrit des chemins qu'il garda secret jusqu'au bout, ce qui lui permit, à l'insu de tous, de continuer son trafic de sel comme bon lui semblait. À l'insu de tous sauf d'Angeline qu'il épousa religieusement, en présence de toute la communauté, exception faite du syndic qui refusa de prêter son concours à l'enregistrement de l'acte tel que pourtant le lui avait demandé l'homme d'Église. Une vie nouvelle s'ouvrit pour la jeune femme, soulagée de ne plus avoir à porter une grossesse chaque année, imposée par on ne sait quelle fatalité. Mère attentionnée envers ses enfants, affectueuse à l'égard du petit Hans qui, malgré l'attention qu'elle lui porta, n'accepta d'autre amour que celui de son père, au point de préférer la hutte de branchage construite par le contrebandier à la compagnie de ses frères d'adoption. Quand plus tard la communauté se dispersa pour reprendre une vie telle qu'avant, Angeline et Valaire s'installèrent très haut sur le coteau de Samoëns au lieu-dit la Rozière, là où possiblement les derniers descendants des Hans s'étaient éteints.

Quant au rouquin, homme simple et dévoué, il finit par suffisamment attirer l'attention de Suzaine par son aide et ses sollicitudes pour l'épouser. De leur union naquirent trois enfants, dont l'un porta, sur l'insistance du père, le prénom de Valaire.

Le chanoine pour sa part connut un tout autre destin. De son expérience communautaire, il tira enseignement pour tenter de ramener les chanoines réguliers vers la tradition de saint Augustin et les éloigner du péché de chair. La tâche était immense, au point de devoir faire appel à Saint-François-de-Sales dont dépendait l'abbaye de Sixt, pour tenter de faire revivre la règle primitive. En 1610, Saint-François-de-Sales rédigea de nouveaux règlements pour réorganiser l'administration spirituelle et temporelle de l'abbaye. Si dans un premier temps les chanoines s'y soumirent, souvent de mauvaise grâce, ils versèrent de nouveau quelques mois plus tard dans leurs anciens travers.

Usé, le chanoine Humbert finit par renoncer et se retira seul, en ermite, sur le lieu où il avait rêvé d'une communauté d'hommes tout entière tournée vers la lumière.

Peut-être était-il le père du dernier enfant dont accoucha Angeline quelque mois après son mariage avec Valaire. À moins que Modeste n'en fût le géniteur. Rien ne permet de l'affirmer. Rien ne permet de l'exclure non plus. L'histoire du chanoine Humbert restera celle d'un homme qui crut en la valeur de l'humain, avec ses forces et ses faiblesses, et n'en douta pas jusqu'à son dernier jour.

Collection
## « FRANCE DE TOUJOURS ET D'AUJOURD'HUI »

Jean ANGLADE
*Une vie en rouge et bleu*
*Le Dernier de la paroisse*
*Le Choix d'Auguste*
*Le Sculpteur de nuages*

Sylvie ANNE
*Le Gantier de Jourgnac*
*La Maison du feuillardier*

Jean-François BAZIN
*Les Raisins bleus*
*Le Clos des Monts-Luisants*
*Le Vin de Bonne-Espérance*
*Les Compagnons du grand flot*

Henriette BERNIER
*Le Baron des champs*

Jean-Baptiste BESTER
*L'Homme de la Clarée*
*Plus près des anges*

Françoise BOURDON
*Le Moulin des Sources*
*Le Mas des Tilleuls*
*La Grange de Rochebrune*
*Retour au pays bleu*

Édouard BRASEY
*Les Lavandières de Brocéliande*
*Les Pardons de Locronan*
*La Sirène d'Ouessant*

Patrick BREUZÉ
*Les Remèdes de nos campagnes*
*La Valse des nuages*

Michel CAFFIER
*Corne de brume*
*La Paille et l'Osier*
*Les Étincelles de l'espoir*

Anne COURTILLÉ
*La Tentation d'Isabeau*
*Le Gaucher du diable*

Annie DEGROOTE
*Les Racines du temps*

Jérôme DELIRY
*Une rivière trop tranquille*
*L'Héritage de Terrefondrée*

Raphaël DELPARD
*L'Enfant sans étoile*
*Pour l'amour de ma terre*
*L'Enfant qui parlait avec les nuages*

Alain DUBOS
*La Mémoire du vent*
*La Corne de Dieu*

Marie-Bernadette DUPUY
*Les Fiancés du Rhin*
*Angélina. Les mains de la vie*
*Le Temps des délivrances*

Élise FISCHER
*Les Noces de Marie-Victoire*
*Je jouerai encore pour nous*

Emmanuelle FRIEDMANN
*Le Rêveur des Halles*
*La Dynastie des Chevallier*

Collection

« ROMAN D'AILLEURS »

Jean BERTOLINO
*Pour qu'il ne meure jamais*

Jean-Baptiste BESTER
*Les Neiges de Toula*

Marie-Bernadette DUPUY
*L'Orpheline des neiges*
*Le Rossignol de Val-Jalbert*
*Les Soupirs du vent*

Éric LE NABOUR
*La Dame de Kyoto*

Michel PEYRAMAURE
*Les Villes du silence*
*Tempête sur le Mexique*
*Mourir pour Saragosse*

Bernard SIMONAY
*La Fille de l'île Longue*
*L'Amazone de Californie*

ROMANS HORS COLLECTION

Jean-Jacques ANTIER
*Blanche du Lac*
*Le Convoi de l'espoir*

Jean BERTOLINO
*Et je te donnerai les trésors*
*des ténèbres*

Jean-Baptiste BESTER
*Le Cocher du Pont-Neuf*

Lucien DE PENA
*L'Argent des autres*

Michel PEYRAMAURE
*Les Folies de la duchesse d'Abrantès*
*L'Orpheline de la forêt Barade*

Joël RAGUÉNÈS
*L'Instinct du prédateur*

Bernard SIMONAY
*Le Lys et les Ombres*

# DOCUMENTS

Jérôme DELIRY
*Sept Enfants autour du monde*

Charles GUILHAMON
*Sur les traces des chrétiens oubliés*

Frédéric PONS
*Algérie. Le vrai état des lieux*

# Jeannine Balland présente

*Pour être régulièrement
informé de nos parutions,*

*REJOIGNEZ*

# Le Club des lecteurs
## de FRANCE DE TOUJOURS ET D'AUJOURD'HUI

## CLUB des lecteurs
### de FRANCE DE TOUJOURS ET D'AUJOURD'HUI

Nom ................................ Prénom ................................

Date de naissance .../ .../ ... Profession ................................

Adresse ................................................................

Code postal ............... Ville ................................

E-mail ................................................................

Dernier livre de la collection que vous avez lu

................................................................

Régions qui vous intéressent ................................

................................................................

☐ Je souhaite m'inscrire au club des lecteurs et recevoir des informations
de la part des éditions Calmann-Lévy.

*Coupon à retourner à :*

*Calmann-Lévy
France de toujours et d'aujourd'hui
31, rue de Fleurus
75278 Paris Cedex 06*

Conformément à la loi Informatique et Libertés du 6 janvier 1978 modifiée en 2004, vous bénéficiez d'un droit d'accès et de rectification aux informations qui vous concernent, que vous pouvez exercer en vous adressant aux éditions Calmann-Lévy, 31, rue de Fleurus 75278 Paris Cedex 06.

*France de toujours et d'aujourd'hui*

Photocomposition PCA

**calmann-lévy** s'engage pour l'environnement en réduisant l'empreinte carbone de ses livres. Rendez-vous sur www.calmann-levy-durable.fr L'empreinte carbone en éq. $CO_2$ de cet exemplaire est de 900 g

PAPIER À BASE DE FIBRES CERTIFIÉES

Dépôt légal : janvier 2016

Achevé d'imprimer en France en juillet 2020
par Dupliprint à Domont (95)
N° d'impression : 2020071609 - N° d'édition : 1855563/06